Diese Geschichten Hermann Kants sind Glanzstücke satirischer Prosa. Sie erzählen vom Alltag eines lebensklugen Mannes namens Farßmann, Buchhalter in einem hauptstädtischen Kleinbetrieb, der freundlich von sich sagt: „Ich mache keine Ereignisse, ich trage sie nur ordentlich ein." Hin und wieder jedoch gerät er, freiwillig oder getrieben, zum Akteur sich grotesk entwickelnder Begebenheiten – aus so harmlosem Anlaß wie dem Kauf knuspriger Bäckerbrötchen oder der Anschaffung eines gedrechselten Kronleuchters, einem Behördenbesuch, der Annäherung an eine schöne Versicherungsagentin oder den Nachforschungen für die Betriebschronik. Sie bringen Farßmanns seelische Balance, ja seine buchhalterische Existenz mitunter bedrohlich ins Schwanken, und es bedarf auch schon einmal märchenhafter Fügungen, damit es heißt: Farßmann bleibt Farßmann.

Hermann Kant

Herrn Farßmanns Erzählungen

Aufbau-Verlag

1. Auflage 1989

Ausgabe mit Genehmigung des Verlages Rütten & Loening, Berlin
Einbandgestaltung Gerhard Medoch/Regine Schmidt
Lichtsatz Karl-Marx-Werk, Graphischer Großbetrieb, Pößneck V 15/30
Druck und Binden
III/9/1 Grafischer Großbetrieb Völkerfreundschaft Dresden
Printed in the German Democratic Republic
Lizenznummer 301. 120/53/89
Bestellnummer 613 951 8
00185

ISBN 3-351-01381-7

Der dritte Nagel

Die Wohnung war nicht schlecht, doch das Beste an ihr war der Bäcker. Ich hatte nicht seinetwegen den Umzug gemacht, aber seinetwegen würde ich nie wieder fortziehen. Er backte Brötchen, wie man sie lange schon nicht mehr für möglich hält. Es war, als hätte eine untergegangene Art einen der Ihren zurückgelassen, um der Welt zu zeigen, was ihr verlorenging.

Manchmal trifft man noch auf eine Tomate, die wie eine Tomate schmeckt. Manchmal riecht eine Gurke herb und süß, wie die Gurken einstens rochen. Manchmal sehen Erdbeeren nicht nur aus, als wären sie Erdbeeren. Das ist dann Glück. Aber Glück ist ein Wort für die Ausnahmen.

Ich klinge ungerecht, wo man weiß, daß ich einen Bäcker gefunden habe, dessen Brötchen unterm Biß noch knirschen. Die einem die Tasche wärmen, wenn man sie nach Hause trägt. Deren Duft uns im kahlen Wintermorgen die Nase hebt. Die nicht mit säuerlicher Luft gefüllt sind oder kaltem Kitt. Die man hört, wenn man das Messer durch sie zieht, um den goldschründigen Doppelbuckel vom porösen halbbraunen Boden zu trennen.

Bei solchen Brötchen und bei einem Bäcker, der solche macht, klinge ich ungerecht. Vielleicht bin ich es, vielleicht habe ich Gründe und bin es dann nicht. Man soll es ruhig prüfen.

Natürlich hatte ich den Bäcker nicht für mich allein. Als ich zum ersten Mal die Schlange vor seiner Tür sah, hielt ich es für ausgemacht, daß ich ihr Teil niemals werden würde. So gut kann gar kein Backwerk sein, dachte ich, aber wenn ich in die abgelebten Teigwaren vom Konsum biß, dachte ich es weniger heftig. Und eines Morgens reihte ich mich in die Queue.

Der Bäcker öffnete um sieben. Auch eine Nachricht, zu der man beteuern muß, sie stimme. Wirklich, er öffnete um sieben, und eine halbe Stunde vorher stand ich bei ihm an. Die Frau vor mir wußte gleich, wie neu ich in dieser Sache war, und dafür, daß ich ihr auf ihre erstaunlich umfassenden Fragen stückweise meinen Lebenslauf lieferte, unterwies sie mich in den Techniken des Brötchenerwerbs bei Bäcker Schwint. Sie sprach etwas laut, wie es Schwerhörige tun.

Sind Sie neu hier? fragte sie, und dann sagte sie: Sie sind neu hier!, und sie sagte: Halb sieben ist gerade richtig. Man steht nicht zu lange, und man kommt nicht zu spät. Sind Sie der neue Mieter bei Schlössers? Sie sehen nicht aus wie ein Junggeselle. Oder sind Sie geschieden? Also geschieden. Wenn Sie um halb sieben kommen, sind Ihnen Schrippen sicher. Wer später aufsteht, muß Knüppel nehmen. Die Knüppel von Schwint sind nicht schlecht, aber Schwint seine Schrippen sind wie beim Kaiser. Hatten Sie, wo Sie herkommen, auch so einen Bäcker? Nein, hatten Sie nicht, dann wären Sie nicht weggezogen. Zeigen Sie Ihr Netz! Ja, das geht, aber kommen Sie bei Frau Schwint nie mit so einem Elastikding, wo sie die Brötchen mit Gewalt hineinstopfen muß, da gibt sie Ihnen bald nur die verhutzelten Stücke. Die steifen Plastenetze mag sie auch nicht, da ekelt sie sich vor. Am besten ist ein Leinenbeutel, so wie Schwint seine Brötchen sind, und ich warne Sie, Schwint hat wegen Totschlag gesessen, er ist eifersüchtig.

Das mochte er von mir aus ruhig sein, ich wollte nur an seine Brötchen. Aber ein wenig geschmeichelt fühlte ich mich doch, denn da die Frau mich nicht weiter kannte, hatte sie die Warnung auf den bloßen Augenschein von mir geliefert.

Ich habe jedoch bald erfaßt, daß der Bäcker eifersüchtig war ohne alles Ansehen der Person. Jeder Mann in der Nähe der Bäckersfrau rief seinen Argwohn wach, und er gab sich auch keine Mühe, das zu verdecken.

Viel Sinn machte die Sache nicht, denn die Bäkkerin war zwar nicht unansehnlich, aber sie war mit ganzer Hingabe einzig beim Brötchenverkauf. Wie ihr Mann als ein Meister seines Handwerks gelten konnte, war sie eine Meisterin des ihren. Sie wußte, wer helle Schrippen nahm und wer lieber scharfgebackene wollte, sie zerschnitt die Brote so, daß die Teile wirklich Hälften waren, sie kannte die meisten Kinder bei Namen, dankte und grüßte und gab Kindern und Alten ein Extrawort, und wer krank gewesen war, durfte rasch sagen, daß es ihm nun viel besser gehe.

Wie sehr sie eine Könnerin war, zeigte sich vor allem an ihren Kunden. Die sorgten selber, daß die Reibungsverluste niedrig blieben, indem sie ihre Bewegungen mit denen der Verkäuferin synchronisierten. Man hielt passendes Geld parat, Erwachsene halfen Kindern, und junge Frauen achteten, daß stoppelbärtige Opas und taube Großmütter der Bewegung nichts von ihrem Schwunge nahmen.

Und die Erfahrenen wiesen den Neuling ein, zum Beispiel Frau Lörke mich: Wenn Sie hier Schrippenkunde sein wollen, müssen Sie auch Kuchenkunde werden. An den Schrippen verdient

Schwint nichts, und sein Kuchen ist nicht besonders, aber wenn Sie keinen nehmen, merken Sie das bald. Schwint steckt nicht in seinen Brötchen drin, und das, was nicht so geworden ist, kriegen Sie dann. Oder Sie kommen zu spät und müssen Knüppel nehmen, aber wenn Sie Tortenkunde sind, greift Frau Schwint hinter den Knüppelberg, wo sie die Reserven für Tortenkunden hat. Wie Sie heißen, können Sie einmal sagen, wenn er mit im Laden ist. Am besten, Sie sagen es zu ihm, dann denkt er nicht, Sie wollen was von seiner Frau. Das ist für keinen gut, wenn Schwint das denkt. Wie heißen Sie denn?

Ich heiße Farßmann, sagte ich, und ich dachte: Dafür, daß es am Ende um eine Annehmlichkeit zum Frühstück geht, ist es recht aufwendig, und manchmal klingt es fast bedrohlich. Und ich dachte: Das Leben ist ein kompliziertes System, und zwar nicht nur im ganzen, sondern auch in allen seinen Teilen.

Ich liebe es, mir solche Gedanken zu machen; zumal seit ich allein lebe, habe ich zunehmend Freude daran. Und meine Neugier auf Menschen ist gewachsen, was mich eigentlich wundern sollte, denn kurz nach der Scheidung hatte ich von anderen Leuten nicht das geringste mehr wissen wollen. Aber jetzt sah ich mit Anteilnahme zu, wie sich der Schwintsche Kundenkreis in gleichmäßig zügiger Bewegung an der behenden Bäckersfrau vorbeidrehte, und ich hatte mein Vergnügen an dem flinken Austausch zwischen ihr und der Kundschaft. Es war ein Genuß von ausschließlich technischer Natur, mit dem ich Frau Schwint zusah und auch zuhörte, aber als in einer warmen Wolke von Semmelduft der Meister in den Laden trat, um frisches Backwerk zu bringen, sah ich doch lieber nach dem Prasselkuchen und den

Schweineohren. Wozu sonst hatte Frau Lörke mich gewarnt?

Der Bäcker grüßte, und die zwölf Kunden im Laden grüßten zurück, und am Ton war zu hören, daß sich ein König seinem Volke zeigte. Der König füllte die Lücken im Weißbrotregal auf; er konnte das, ohne hinzusehen. Er musterte uns mit einem Interesse, das nicht verwundern sollte. Schließlich buk er seine raren Köstlichkeiten für uns, und da mußte es ihn schon kümmern, ob er es mit Genießern oder Banausen zu tun hatte. Schließlich stand er unseretwegen auf in der tiefen Nacht, da durfte er uns so prüfend betrachten. Schließlich gab er Genuß in unser Leben ein, da war er zu Blicken berechtigt.

So weit, so gut, nur verfuhr der Mann beim Blikken seltsam. Zwar übersah er niemanden, aber von den einen waren seine Augen rasch wieder fort, und auf den anderen ruhten sie lange. Für die acht Frauen im Laden, seine eigene nicht mitgezählt, brauchte er nicht soviel Zeit wie für einen von uns vier Männern, und von denen wieder bekam ich den Löwenanteil.

Diese Auskunft ist nichts zu meinen Gunsten und kommt auch nicht von Eitelkeit. Ich war neu, und es war eine Frage des Alters der anderen Herren. Wer weiß, welche Art Leben sie grau und krumm gepreßt hatte; sie waren aber altersgrau und alterskrumm, und kein Bäcker mit einer jungen Frau mußte sich ihretwegen noch hitzige Gedanken machen.

Meinetwegen mußte das auch keiner tun, kein Bäcker noch Fleischer noch Tuchscherer mußte das. Es war unverheilt, was eine Scheidung mir zerrissen hatte. Ich war auf frische Brötchen aus und nicht auf neue Damen.

Was der Bäcker nicht wissen konnte und was ihn

auch nichts anging. Ich wollte lediglich Austausch von Geld gegen Ware, und in solchem Verkehr ist Seelisches störend. Wir werden einander, dachte ich und gab ihm seinen Blick zurück, durch nichts als Zahlung verbunden sein, und was das Sinnliche betrifft, so soll es damit beim Biß ins frische Brötchen sein Bewenden haben.

Es wird Einbildung gewesen sein, aber mir schien, als beruhigte sich der argwöhnische Handwerker. Er zog zwei Leinenbeutel aus der Kitteltasche, einen weißen und einen karierten, und begann, aus dem doch schon erlesenen Gebäck allererlesenste Stücke auszulesen. In den karierten Beutel kamen acht Schrippen von erstaunlichem Ebenmaß und von erstaunlich gleicher goldbrauner Farbe, und der weiße Beutel wurde mit zehn sehr unterschiedlichen Proben aus dem Sortiment gefüllt, mit hellen und dunklen Brötchen, mit flachen und hohen Knüppeln und mit zwei Hörnchen, eines knusprig und eines milchweißweich.

Es war ersichtlich Übung von lange her, die den Meister beim Wählen und Füllen leitete, und der Vorgang schien zu den Morgenbräuchen zu gehören, denn niemand außer mir zeigte sich daran interessiert oder gar verwundert darüber. Ich war verwundert, gebe ich zu; der Bäcker hatte meine ganze Aufmerksamkeit, und dadurch merkte ich, daß ich auch seine hatte.

Man sieht es dem Rücken eines Mannes an, ob es den Mann kümmert, daß man vorhanden ist. So sah ich, wie ich eben bei der Meisterin an der Reihe war, wie sehr ihr Gatte meinen Worten lauschte. Die hatten eigentlich nur: Zwei Schrippen, bitte! lauten sollen, doch sagte ich statt dessen: Sechs Schrippen, bitte, zwei scharfe, zwei helle und zwei normale, wenn's geht!

Wollte man mich nach einer Erklärung fragen:

Ich war wohl angeregt von den größeren Posten, die der Meister persönlich betreute. Mir schien es, so denke ich mir, unangemessen, mit einem Groschenbetrag in den Kundenkreis einzutreten, und durch die differenzierte Bestellung wollte ich wahrscheinlich kundtun, daß man in mir getrost einen Kenner vermuten dürfe.

Keinesfalls hatte ich im Sinn gehabt, mein Alleinsein zu vertuschen, aber am Rücken des Herrn Schwint las ich ab, wie er meine Bestellung verstand: Mann mit Frau und Kind, und zwar solchen, die ihm etwas bedeuten. Die nicht einfach zu nehmen haben, was er bringt, sondern gebracht bekommen, was sie wünschten. Die ihren eigenen Geschmack haben, der berücksichtigt wird. Der neue Mann in der Kundschaft ist ein rücksichtsvoller Familienvater. Also Entwarnung, halbwegs jedenfalls.

Von mir aus, guter Freund, so dachte ich, als ich des Bäckers Rückenmuskeln von ihrer Spannung verlieren sah, von mir aus könnten Sie aus allem Alarm. Ich bin auf keiner Schürzenjagd. Ich war erst jüngst beim Scheidungsrichter und will ihn nicht mehr sehen. Vor meinen Augen, werter Bäkkermeister Schwint, hat sich meine Frau aus einer natürlichen in eine juristische Person verwandelt, das war mir ziemlich scheußlich.

So habe ich gedacht, und so hätte ich gesprochen, wäre es schon diesmal zur Zwiesprache zwischen Herrn Schwint und mir gekommen und wären wir dabei allein gewesen. Aber wir waren nicht allein, und ich war noch neu. Da habe ich die Brötchen bezahlt und bin aus dem Laden gegangen, und auf dem Heimweg schalt ich mich, weil ich nun immer das Dreifache des benötigten Gebäcks würde ankaufen müssen, denn: Zwei scharfe, zwei helle und zwei normale! das hatten sich zumindest

Frau Schwint, Herr Schwint und die schwerhörige Frau Lörke gemerkt, und künftige Beschränkung auf zwei Schrippen würde ganz gewiß zur Vernehmung durch Frau Lörke führen.

Aber Verhör fand auch so am anderen Morgen statt. Die Nachbarin Lörke wollte wissen, ob ich tatsächlich sechs Brötchen zum Frühstück verzehrte und warum dann so verschiedene. Sie traf mich präpariert. Ich hatte ihr zwei Kolleginnen in meinem Betrieb erdacht, und andeutungsweise ließ ich innige Verhältnisse zwischen denen und mir bestehen, so innig, daß ich im Grunde nicht meinetwegen, sondern im Dienste der beiden Damen so früh in der Bäckerschlange stand. Frau Lörke mochte die Geschichte.

Und ich fand allmählich selber Gefallen an den Weibspersonen, die ich ersonnen hatte, um Frau Lörke die Schrippenmenge einleuchtend zu machen. Sie waren von äußerstem Liebreiz, beide. Sie waren in Charakter und Erscheinung unterschiedlicher nicht zu denken und nur in einem gleich: in ihrer innigen Verbindung mit mir. Und, daß ich es nur nicht vergaß, in etwas anderem glichen sie einander: Sie waren, anders würde ich ihre Nähe nicht gesucht haben, sie waren beide unverheiratet. Aber sonst herrschte der krasseste Gegensatz, was schon an den Brötchen zu sehen war: Die eine war nur auf scharfe scharf, und die andere wurde weich durch weiche. Zu diesem Wortspiel kicherte Frau Lörke.

Wer weiß, was sie verstanden hatte. Sie hörte wirklich nicht gut. Zum Beispiel war sie der Meinung, ich sei Buchhändler, und gesagt hatte ich auf eine ihrer unzähligen Fragen, daß ich Buchhalter war. Das schien nicht wichtig, aber war es dann doch.

Solange Frau Lörke etwas lüstern nach meinen

Buchhändlerinnen fragte, war es nicht wichtig, und am ersten Sonnabend kam mir die Verwechslung sogar gelegen, denn ich hatte etwas gedankenlos wieder die drei Brötchenpaare bestellt, und da traf es sich, daß Buchhändler auch sonnabends arbeiten, Buchhalter hingegen kaum.

Wenn man aber Buchhalter ist und von einem Buchhaltergehalt lebt, gehen zwei Phantombräute spürbar ins Geld. Schon die überzähligen Schrippen belasteten meinen Etat, aber ich konnte nicht gut Kuchen kaufen, wie Frau Lörke mir geraten hatte, ohne meine beiden Gespielinnen mit Liebesknochen und Plundertaschen zu bedenken.

Das überschüssige Gebäck, welches ich nur erwarb, weil ich von einem Bäckerrücken Argwohn abgelesen hatte, brachte mich nicht nur finanziell aus der Balance: Ich hatte keine Lust, unverzehrte Brötchen zu Semmelmehl zu reiben, zumal ich auch nicht wußte, wohin mit all dem Semmelmehl, und ich hatte Skrupel, übriggebliebenen Kuchen dem Müllschlucker in den Rachen zu werfen. Also nahm ich die fabelhaften Schrippen und das nicht so fabelhafte Gebäck mit in meine Buchhaltung, und schon sah ich mich in weitere Schlingen verstrickt: Nun wollten alle im Büro so wunderbare Brötchen haben, und ich mußte mir mit der Erfindung helfen, bei Meister Schwint werde noch kontingentiert. Aber den Kuchen wollte außer dem freßsüchtigen Fräulein Weigel bald keiner mehr, und prompt kam ich mit Fräulein Weigel ins Gerede.

Rein buchhalterisch betrachtet war die Sache unausgewogen: Fünfmal in der Woche eine halbe Stunde früher aufstehen, zwischen zehn und zwölf Mark monatliche Mehrkosten für nicht benötigte Bäcker- und Konditorwaren, das zehrende Interesse Frau Lörkes an meiner Doppelliebe im Büro, die Dankbarkeit Fräulein Weigels und das Gestichel der Kollegen dort und schließlich die immerhin erforderliche Mühe, es im Verkehr mit Frau Schwint beim Wohlgefallen an den knusprigen Brötchen sein Bewenden haben zu lassen und dieses dem gefährlichen Meister durch entsprechendes Betragen auch anzuzeigen – das alles wegen zwei Stückchen Backzeugs war rechnerisch nicht ganz erlaubt.

Nur schlug das Rechnerische nicht zu Buche, wenn ich in Schwintens Schrippen biß. Die waren eben so, daß sich alles Abgezähle verbot. Sie waren das Leben.

Das klingt übertrieben, aber ich empfand es so. Oder, um genau zu sein: Ich konnte es so empfinden, nachdem ich doch einmal abgezählt und errechnet hatte, daß der Stückpreis der von mir tatsächlich verzehrten Brötchen auf über siebzig Pfennige kam, das Frühaufstehen und die Lasten auf der Seele nicht veranschlagt. Dem Buchhalter in mir mußte das als reiner Aberwitz erscheinen, und so kam ich mir auch an jedem Morgen, an dem ich in mein überzahltes Frühstück biß, äußerst verwegen vor. Diese Verfassung hielt an bis ins Büro, und einmal hieß es im Gerede dort, die Scheidung habe mir merklich gutgetan.

Zwar wußte ich es anders, aber ich widersprach doch nicht, und ich wehrte mich auch nicht, als ich spürte, daß mir allmählich die Zunge loser ging und mir die Glieder lockerer in den Gelenken hingen.

Gewiß ist es übertrieben gewesen, die Brötchen für das Leben zu nehmen, aber unbestreitbar bin ich dem Leben wieder nähergekommen, als ich an jenem Morgen nach dem Umzug in die Schlange vor Schwintens Laden trat. Und als ich eines anderen Morgens zum ersten Mal in ein Gespräch mit dem Bäckermeister kam, war ich kaum noch befangen und höchstens ein wenig dankbar. Und nicht im mindesten überraschte es mich, daß Frau Lörke den Mann mit aller Nachricht über mich versehen hatte. Schließlich hatte sie mich auch über ihn mit allen Nachrichten, einschließlich derer aus dem Strafregister, versehen gehabt.

Daß der Bäcker und ich alleine waren, erklärt sich aus einer Grippe, die mich bis in den Vormittag im Bette hielt, bis in eine Stunde, von der die Kundschaft wußte, wie wenig Brötchen und selbst Knüppel da noch zu holen waren; Frau Schwint versah dann die Küche, und die wenigen Gänge in den Laden tat ihr Mann.

Der sagte zu mir: Ist wohl heute Ruhetag im Buchhandel?

Ich brauchte eine Weile, den Satz zu entschlüsseln, aber als ich erfaßt hatte, welchen Sinn er transportierte, wußte ich, daß Frau Lörke alles über mich, einschließlich ihres Hörfehlers, an den Meister geliefert haben mußte.

Nur für mich, sagte ich, eine kleine Grippe.

Ja, sehen Sie, sagte er, das könnte ich mir gar nicht leisten. Wir behandelten das Problem der schweren Verantwortung, die ein selbständiger Handwerksmeister zu tragen hat, unter verschiedenen Gesichtspunkten, aber es war Herr Schwint, der am Ende einräumte, sein Beruf habe auch freundliche Seiten. Allein wenn er bedenke, sagte er, wie vielen Mitmenschen er den Tagbeginn angenehmer mache, erfülle ihn Zufriedenheit.

Ja, antwortete ich, und es fiel mir gar nicht schwer, etwas Neid anklingen zu lassen, wer das von sich wissen kann, ist wohl glücklich dran.

Der Meister sah mich prüfend an, schien etwas von mehreren Seiten her zu bedenken, und bei seinen nächsten Worten hatte ich den Eindruck, unser Gespräch verschöbe sich in eine höhere

Phasenlage. Denn Herr Schwint äußerte die Ansicht, auch ein Buchhändler habe es wohl in der Hand, anderen Leuten Annehmlichkeiten zu bereiten.

Einer solchen Vermutung wollte ich getrost beitreten, doch ehe ich es konnte, hatte Herr Schwint ihr den etwas rätselhaften Satz angefügt: Allerdings denke ich mehr an den Abend als an den Morgen, denn unsereins kommt nur abends dazu, weil morgens die Brötchen dran sind, Sie verstehen!

Ich verstand überhaupt nichts, und Herr Schwint muß mein Mienenspiel für das richtige in diesem Abschnitt unseres Handels gehalten haben, und daß wir uns in einem Handel befanden, erfuhr ich aus seinen nächsten Worten:

Angenommen, ich wäre Ihr Kunde, dann wäre die Sache so, daß Sie bei mir Freude am Morgen suchten und ich bei Ihnen Freude zum Abend. Wenn ich nun zu Ihnen sagte: Könnten Sie mir nicht einmal etwas Erfreuliches zum Abend mitbringen?, dann würden Sie denken: Der Schwint, der spinnt! Ich stelle mich jeden Morgen eine halbe Stunde bei ihm an, und dafür soll ich ihm etwas über den Ladentisch schieben? Wo wäre denn da, müßten Sie denken, mein Nutzen!

So weit war ich noch gar nicht mit meinem Denken. Ich hielt bei der Frage, was der Mann wohl mit den Annehmlichkeiten des Abends meinen und wie der Buchhandel da hineinspielen mochte, und ich rief mir zu, hier sei der Punkt, an dem ich Meister Schwint vom Hörfehler seiner Kundin Lörke sagen müßte.

Der Auftritt einer betagten Frau unterbrach den dunklen Dialog zwischen dem Meister und mir, aber ich konnte ihn zu klärenden Überlegungen kaum nutzen, denn die Szene machte mir drastisch klar, wie man dran war bei Meister Schwint, wenn man nicht beizeiten zur Stelle sein konnte.

Aber junge Frau, sagte der Bäcker in jenem Tonfall, der mir den Gedanken ans Älterwerden nicht angenehmer macht, werte Frau Kundin, wo denken Sie hin? Schrippen jetzt? Knüppel noch? Hörnchen um diese Stunde? Wie lange kommen Sie schon bei mir, Frau Lüderitz? Da wissen Sie doch, daß um die Zeit kein müder Krümel mehr zu haben ist!

Herr Schwint hat Frau Lüderitz ein halbes Graubrot verkauft, und er war nicht der Mann, sich wortlos auf die Wirkung des Vorgangs zu verlassen. Ja, ja, Herr Farßmann, sagte er, so ist das, wenn man nichts zu bieten hat. Grausame Welt, aber keiner von uns beiden hat sie gemacht. Nun muß jeder sehen. Ich bat um die andere Hälfte des Graubrots und wollte gehen, aber er war entschlossen, uns in einen Handel zu bringen.

Herr Farßmann, sagte er, seit Sie mein Kunde sind, habe ich Sie im Auge. Sie sind ein Beobachter, habe ich bemerkt. Sie haben einige Male zugesehen, wenn ich die beiden Beutel mit den Brötchen füllte. Was Sie aber nicht gesehen haben, ist, wo ich mit den Beuteln bleibe. Die hänge ich in einer Hofecke an zwei bestimmte Nägel. Den einen Beutel holt mein Zahnarzt, den anderen holt der Mann, der bei meinem Wagen die Durchsichten macht. Es ist noch ein dritter Nagel da, aber mehr, das gilt eisern, wird es niemals geben.

Herr Schwint schwieg auf eine Weise, daß mir einfallen mußte, was zu sagen war: Und Sie meinen, der dritte Nagel . . . Das wäre ja fabelhaft, nur müßte ich nun doch genauer wissen, an welche Gegenleistung Sie denken.

Versteht sich, Herr Farßmann, sonst schleppen

Sie mir was Astronomisches an oder bulgarische Kochbücher. Obwohl, ich dachte, ich hätte mich angedeutet. Für die Freuden des Abends, Sie werden verstehen!

Das glaubte ich jetzt auch, aber ich sagte, soweit ich wüßte, sei das Angebot unseres Buchhandels auf diesem Gebiet weder breit gefächert noch sonderlich profiliert.

Soweit Sie wissen, Herr Farßmann, Sie sind gut! Aber ich erwarte mir ja nichts Ausgefallenes, ich erwarte mir nur Sachen, die es gibt und die ich sonst nicht kriege. Zum Beispiel, wenn Sie mir dieses chinesische Ding besorgen könnten, Tsching Peng Meck, da brauchten Sie auch nicht mehr von meinen Torten zu kaufen.

Weil ich zu sehr in einen Handel verstrickt war, in dem ich vorerst nur mit einer Nachfrage aufwarten konnte, hatte ich nicht die Muße, das Vorkommen von Selbstkritik beim Umgang eines Bäckermeisters mit seinen Produkten zu bestaunen, aber die Aussicht, vom Kuchenzwangskauf ebenso loszukommen wie von Fräulein Weigels Dankbarkeit und dem dazugehörenden Getuschel im Büro wie auch von der unsinnigen finanziellen Belastung, ließ mich zu allem nicken, was Herr Schwint mir vorgetragen hatte, und als ich begriff, daß der eigentliche Hauptgewinn in arbeitstäglich zwei warmen Schrippen plus einer halben Stunde Mehrschlaf bestand, sprach ich, wie ich es aus dem Kino kannte: Der Handel gilt!

Und Bäckermeister Schwint hat mir gezeigt, wie sorglich er den einzuhalten gedachte, denn er hat in ein Geheimfach gegriffen, es muß ein Geheimfach gewesen sein, und hat mir sechs Brötchen ausgefolgt, zwei scharfgebackene, zwei sehr helle und zwei von normaler Beschaffenheit.

Ich zahlte, dankte und ging und widerstand der

Versuchung, mich bei dieser Gelegenheit auch gleich meiner Geisterbräute zu entledigen, denn ich ahnte, daß Herr Schwint in mir den Mann mit Verständnis für sein Verlangen sah, weil ich mich offen zu zwei Gefährtinnen bekannte. Von denen er übrigens anzunehmen schien, sie würden mich auf meinem Krankenlager besuchen, denn er hatte mir die Schrippen für sie gegeben, obwohl er wußte, daß ich heute nicht in meinen Buchladen ging.

An diesem Punkt fuhr ich mir in die Gedanken und herrschte mich an: Du Spinner gingest in keinen Buchladen nicht, wenn du gingest. Wenn du gingest, gingest du in eine Buchhaltung, und wie du da ein Exemplar von diesem verdammten Kin Ping Meh auftreiben willst, das wird nun deine Sorge sein!

Ich entsann mich zu gut des verrückten Gebarens eines Vetters, der mir den chinesischen Roman einmal geliehen hatte. Er verlangte Pfänder von mir, und jeden Abend kam er vorbei, um zu sehen, ob ich die Scharteke noch hatte, und dann wollte er wissen, wie weit ich mit dem Lesen war, und danach wurden die scharfen Stellen besprochen, und schließlich neigte mein Vetter dazu, nunmehr von den scharfen Stellen in seinem Leben zu berichten. Da war Kin Ping Meh aber besser.

Übel fand ich, daß mich dessen Lektüre zu dem Irrtum führte, in allen dicken alten Büchern aus China gehe es so lose zu. Ich habe eine Menge Zeit auf die Suche nach eingestreuten Unanständigkeiten gewendet, aber im Grunde bin ich nur über Speisefolgen, Schimpfreden bei Duellen und mir nicht recht einleuchtende Ansichten philosophischer Natur unterrichtet worden. Solche Dinge zu wissen ist nicht schädlich, aber ihr praktischer

Nutzen bleibt beschränkt. Was man von den Informationen, die ich Kin Ping Meh entnahm, nicht sagen kann, aber wenn ich das belegen wollte, hörte ich mich bald wie mein Vetter an, und das möchte ich vermeiden.

Ich habe es auch vermieden, mich lange bei dem Gedanken aufzuhalten, ich könnte dem Vetter zugunsten meines Bäckers und also zu meinen Gunsten die chinesische Sittenschilderei abschwatzen. Er hätte das Buch damals, als er es mir lieh, am liebsten an eine lange und unzerreißbare Schnur gebunden, und an der hätte er immer gezogen, wenn ihm nach Kontrolle war.

Auch hätte er mir nie geglaubt, daß es mir nur um etwas mehr Ökonomie, etwas mehr Schlaf und etwas mehr Freude am Frühstück ging. Diesen Verwandten konnte ich getrost auslassen, wenn ich nach Wegen sann, auf denen sich zu Kin Ping Meh gelangen ließe.

Aber dann ist mir doch nur der Vetter geblieben, denn in meinem Bekanntenkreis hat sich niemand zum Besitz des würzigen Werkes bekennen wollen – außer Fräulein Weigel, die ich in meiner Not auch danach gefragt hatte. Noch nie, sagte Fräulein Weigel, sei ihr einer so direkt gekommen, aber sie schätze das, und wenn ich mich am Abend bei ihr einfände, wollten wir mit verteilten Rollen ausgewählte Szenen lesen. An der Art, wie sie mich in die Rippen stieß, als sie mich aufforderte, Plunderstücke und Liebesknochen nicht zu vergessen, merkte ich, daß sie nicht nur an Freßsucht litt. Es war sehr unangenehm, denn Fräulein Weigel unterrichtete das Büro von meiner Offerte. So sprach sie jedenfalls, von einer Offerte, und in der Buchhaltung ging es einige Tage, wenn man mich einmal nicht zählt, recht fröhlich zu. Da habe ich Fräulein Weigel den Schwintschen Kuchen entzogen. Ich habe ihn den Tauben am Humannplatz geschenkt.

Der Bäckermeister und Bücherfreund führte sich auch befremdlich auf. Wenn er sonst nur gekommen war, um neuestes Backwerk zu liefern oder die beiden Brötchenbeutel zu füllen oder festzustellen, ob ein Mann seiner Frau begehrliche Augen machte, erschien er jetzt immer dann, wenn ich im Laden war, und von anfangs nur fragender Mimik geriet er am Ende in eine Pantomime, in der er mich mit saugendem Blick ansah, dann die Schrippenbeutel von Zahnklempner und Wagenklempner schwenkte und schließlich so an der Haut um seine Augen zerrte, daß sie sich zu zwei vielsagenden Schlitzen verengten.

Natürlich blieb mir nichts übrig, als bedauernd die Schultern hochzuziehen, und natürlich blieb unser gestischer Austausch niemandem verborgen und also der Bäckerin auch nicht. Sie sah verstört nach ihrem Mann und dann nach mir, und ich zog auch für sie bedauernd die Schultern hoch. Es war mir nur darum zu tun, ihr anzudeuten, daß ich für das Gebaren ihres Mannes nichts konnte. Aber der betrachtete plötzlich in tiefer Nachdenklichkeit seine Frau und mich, und das fehlte mir noch.

Ich rief in einer Tonlage, die eine Botschaft war: Wie immer, Frau Schwint, zwei normale für mich und dazu, wie immer, zwei helle und zwei scharfe!

Der Bäcker hat die Botschaft vernommen und hat sich in seine Backstube entfernt, und ich bin besorgt nach Hause und danach immer noch besorgt zur Arbeit gegangen. Es war an der Zeit, daß ich das chinesische Ding auftrieb, denn dieser Bäcker war bekanntlich nicht ganz bei Sinnen. Wer wußte, zu welchen pantomimischen Darstellungen er noch bereit war, um mich auch ja recht unmißverständlich an Kin Ping Meh und dessen bewegtere Stellen zu erinnern.

Wenn jemals ein Mensch Grund hatte, die Schrumpelstilzchen, welche der Konsum unter der Warenbezeichnung Brötchen feilhält, einfach für Brötchen zu nehmen und die Schwelle von Bäckermeister Schwint zu meiden, dann war ich dieser Mensch. Aber ich war auch, das merkte ich zu meinem Schrecken, den Schrippen des Meisters verfallen. Ich war süchtig auf eine Art, von der man vielleicht noch nicht gehört hat, ich war brötchensüchtig.

Sucht ist Sucht, Trunksucht, Freßsucht, Eifersucht, fast aussichtslos, davon wegzukommen. Also ergibt man sich. Also zahlt man seinen Preis. Also mußte Herr Schwint seinen Kin Ping Meh erhalten. Also mußte ich zum Vetter hin.

Ich fragte ihn gleich, ob er mir den chinesischen Reißer verkaufen wolle, und er sagte, ohne hinzudenken: Für kein Geld!

Das wollte aber nichts meinen, er hatte schließlich eine Zeitlang mit älteren Autos gehandelt. Für kein Geld! hieß nur: Für sehr viel Geld!, oder es hieß: Zwar für kein Geld, für Geld nicht, aber ich höre Vorschläge.

Freilich hatte ich keine Vorschläge zu machen. Buchhalter ist auch in dieser Hinsicht kein Posten mit allzu vielen Möglichkeiten, denn Waren wie Geld kommen bei uns nur in Zeichen vor, und wollte man an sie in ihrer wirklichen Gestalt, müßte man in verzweigte Bündnisse treten. Von da an wird es kriminell.

Weil es beim Handel üblich ist, an entscheidenden Punkten eher zu schweigen als zu reden, und weil ich auch gar nichts anderes wußte, schwieg ich nach dem Ausruf meines Vetters, und um die verstreichende Zeit zu nutzen, machte ich mir einen weiteren Gedanken: Der Bäcker zum Beispiel, dachte ich, hätte dir wortlos die andere Hälfte vom Graubrot ausgefolgt, von dem die arme Frau Lüderitz den ersten Teil bekommen hatte, wenn du ihm ein Buchhalter gewesen wärest. Kein Wort über abendliche Freuden hätte der mit einem Buchhalter getauscht, ganz zu schweigen von einem Geschäft, bei dem es um frische Semmeln ging und um eine alte und doch noch recht frische Geschichte.

Ich erwog gerade, ob wir Buchhalter nicht heutzutage die eigentlichen Proletarier seien, als mein Vetter noch einmal sagte: Für kein Geld! Aber, sagte er weiter, und er machte ein Gesicht, wie ich denke, daß die Könige im Märchen es machten, wenn sie mittellosen Wanderburschen Unmögliches aufgaben, aber, sagte mein Vetter, wenn du eine Karte für den Tierparkball besorgst, ist die chinesische Schwarte dein.

Er war immerhin ein Verwandter, und so kann ich nicht sagen, daß Tücke aus seinem Antlitz leuchtete, aber Karten für den Tierparkball, das war stark! Karten für den Tierparkball waren selbst unter märchenhaften Umständen kaum zu erlangen.

Mein Vetter wußte das, und er wußte, daß ich es wußte. Den Nachrichten zufolge, welche wir beide verläßlich hatten, waren die Teilnehmer an dieser Geselligkeit von der erlauchten Art, wie sie zuletzt auf der sinkenden „Titanic" beobachtet werden konnte. Antiquitätenhändler, Speditionsdispatcher, Vulkaniseure, Spitzenfriseure, Leitende Leiter, Annoncenannehmer, Besitzer von Lackieranstalten und Mietgaragen, Verwandte von Verwaltern, Männer vom Fahrzeughandel und Frauen von den lauten Künsten – Leute, die mit dem Tierpark wenig zu schaffen hatten, wohl aber mit dem Ball, der dessen Namen trug.

Ein Wunder, dachte ich, als ich im Schock nach meines Vetters verstiegener Forderung verwirrt Gedankenkreise um mich schlug, ein Wunder, daß Bäcker Schwint in diesem Zirkel fehlt, wo es ihm doch ein leichtes sein sollte, da hineinzugelangen – ein Beutelchen an einem Nägelchen in einem Balken auf einem Hof... Aber wahrscheinlich wußten sie einfach nicht voneinander, der Mensch mit den Karten für den Tierparkball und der Letzte Wirkliche Schrippenbäcker, und das war gut so, denn wo bliebe ich, wenn die beiden einen Handel hätten? Ich bliebe draußen, weil der Verteiler so begehrter Billetts wahrscheinlich auch chinesische Romane schlüpfrigen Einschlags zu beschaffen wüßte. Und warum, zu welchem Vorteil für ihn, sollte Bäcker Schwint dann mir etwas an den Nagel hängen?

Ich müßte weiter in die Queue um halber sieben in der Früh, müßte verbleiben beim überzogenen Budget und bei der Mär vom unbalancierten Liebeshaushalt, käme nicht fort aus dem lebensgefährlichen Argwohn, den der Bäcker gegen Männer hegt, mit denen er keinen Handel hat, und vor allem müßte ich wieder und wieder in jene Wildnis, in der die warme Schrippe nur eine Gnade und niemals Gewißheit ist.

So war es ein Glück, daß der Billettmann vom Brötchenmann nicht wußte, und theoretisch den Fall gesetzt, ich begegnete dem einen, wie ich dem anderen praktisch begegnet war, so würde ich dem Parkballmenschen kein Wort vom Vorhandensein eines Letzten Großen Bäckers sagen.

Aber das alles war aberwitzige Hypothese, und ich sagte meinem Vetter, von Geburt und Stand seien wir nicht die Leute, Eingang zu finden in jenen Ballkreis, und wie, um Himmels willen, war er zu so verblasener Absicht gekommen?

Ernsthaft, er hatte ein Mädchen beim Füttern der Karakulschafe gesehen, und ernsthaft, er hoffte, dieses einmalig herrliche Wunderding von Schäferin im Festgepränge wiederzufinden. Dort, sagte er, und der hartgesottene Besitzer von Kin Ping Meh errötete dabei, dort werde er sie ansprechen.

Nun ist vielleicht jemand, der, wie ich, bereit ist, sich zweier Brötchen wegen in umständliche Verstrickungen zu begeben, nicht so geeignet, das Gebaren seiner Mitmenschen zu beurteilen, aber ich fand das Gebaren meines Vetters ausgefallen. Einzig die Liebe reichte als Erklärung zu, denn einzig in ihr gelten keine Abreden.

Was erkennbar wird, wenn man sieht, daß mein Vetter bereit war, sich von Kin Ping Meh zu trennen, vorausgesetzt, er käme dadurch einem Mädchen nahe, welches wahrscheinlich ein wenig nach Schafen roch.

Meines Vetters Verrücktheit fachte meine an: Ich fragte mich durch zum Verteiler der Parkballkarten. Natürlich war er das nicht im Hauptberuf, im Hauptberuf war er Erster Persönlicher Beauftragter für die Sicherung des Staatlichen Branntweinmonopols, und als solcher war er ein eisenharter Mann.

Er muß mich, da ich ihn ohne Umschweife um eine Ballkarte gebeten hatte, für einen humoristischen Abenteurer gehalten haben, denn er verschwendete weder Klagen noch Argumente an mich, sondern erzählte mir zugespitzte Begebenheiten aus seinem Leben als Doppelposten.

Die Anschläge auf das Branntweinmonopol waren im Vergleich mit den Vorkommnissen, bei denen es um Ballkarten ging, ganz flache Bubenstreiche, und so stabil das Branntweinmonopol des Staates war, so labil blieb das Prinzip der gerechten Verteilung von Tierparkfestbilletts.

Dem Doppelwächter ging einfach nicht ein, wie es zusammenhängen mochte, daß er die Karten an redliche Abteilungsleiter, Brigadiers und Spitzensportler reichte, und wenn es dann zur festlichen Polonäse kam, führte der zweifelhafte Eismann vom Prenzlauer Berg eine Dame zum Tanz, die an einem günstigen Punkt des Anzeigenwesens frühzeitig Einblick in trächtige Annoncen gewann.

Wie die das nur machen, sagte der Erste Persönliche Beauftragte, und weil er so gänzlich unbereit schien, faules Spiel für möglich zu halten, beschränkte ich mich auf die ungenaue Anmerkung, die Leute hätten wohl ihre Beziehungen, und er konnte nichts damit anfangen.

Beziehungen, sagte er, das ist ja gerade meine Frage: Wie machen sich die Leute ihre Beziehungen? Die können doch nicht in die Zeitung setzen: „Biete Ballkarten, suche ..." Oder: „Suche Ballkarten, biete ..." – Was wollten Sie eigentlich bieten?

Ich wollte gar nichts bieten, sagte ich, ich suche nur!, und ich hörte den seltsamen Klang der Wahrheit in meinen Worten. Die Einsicht machte mich betroffen, daß ich tatsächlich nichts zu bieten hatte, und ich war bereit, hierin den Grund für meine Kühnheit zu sehen. Denn kühn war es wohl, so mittellos auf die Suche nach Einlaßkarten für das begehrteste hauptstädtische Fest zu gehen, kühn oder verrückt, weil: mittellos, das hieß auch aussichtslos.

Was brauchen Sie denn? sagte ich zu dem Ersten Persönlichen Beauftragten für die Sicherung des Staatlichen Branntweinmonopols, und ganz sicher hätte er mich auf diese Frage hin verhaften lassen, wäre unsere Begegnung spirituosensteuerlicher Natur gewesen.

Und Sie haben wirklich nichts? fragte er.

So gut wie nichts, sagte ich. Ich kenne einen eifersüchtigen Bäcker, der mir zwei warme Brötchen an den Nagel hängen wird, wenn ich ihm ein scharfes chinesisches Buch besorge, und ich habe einen verliebten Vetter, der mir das scharfe chinesische Buch hergeben wird auf eine Karte für den Tierparkball. Der Persönliche Beauftragte schüttelte den Kopf und sprach: Zwei Karten!

Nein, sagte ich, er braucht nur eine.

Aber der Persönliche Beauftragte entgegnete mit Entschiedenheit: Er braucht zwei! Es ist ein Prinzip meiner Verteilung, niemals Einzelkarten wegzugeben. Der Tierparkball ist etwas für Paare, und wer da als einzelner hin will, bringt das durcheinander. Die Karten von mir nur paarweise!

Gut, sagte ich, dann geben Sie zwei.

Es war nur theoretisch, sagte der Beauftragte, ich erläuterte mein Prinzip. Sie haben nichts zu bieten, ich brauche nichts, wir können wunderbar theoretisch bleiben.

Es interessiert mich, sagte ich, brauchen Sie wirklich nichts? Ganz und gar nichts?

Der Beauftragte, man merkte es ihm an, sah sich gründlich durch, und am Ende beschied er mich: Ich brauche nichts, und das allein setzt mich in den Stand, so mit Ihnen zu reden. Und die Tatsache natürlich, daß Sie nichts haben. Wenn Sie zum Beispiel Standesbeamter wären und hätten einen freien Trauungstermin für nächste Woche Freitag, dann könnte ich nicht so mit Ihnen reden. Aber Sie sind ja wohl kein Standesbeamter.

Sowenig wie ich Buchhändler bin, sagte ich. Und Sie brauchen tatsächlich einen Trauungstermin für nächste Woche Freitag?

Mein Sohn braucht den. Erst sollte überhaupt nicht geheiratet werden, und nun muß es am nächsten Freitag sein. Mein Sohn hat verlangt, ich soll der Standesbeamtin für einen Freitagstermin zwei von meinen Ballkarten anbieten. Wissen Sie, was ich getan habe? Ich habe es getan. Und wissen Sie, was die Kollegin vom Personenstandswesen geantwortet hat? Sie hat gefragt, ob ich weiß, wie lang die Warteliste für Freitagstermine ist. Die ist so lang wie die Warteliste für Telefone. Was sie nicht braucht, sind Ballkarten. Was sie braucht, ist ein Telefon, ein privates.

Er schien ungläubig in sich hineinzusehen und Zeuge eines Kampfes zu werden, und was er dann zu mir sagte, war eine Mitteilung vom Ausgang dieses Kampfes. Er sagte: Sie haben nicht zufällig Beziehungen zu einem, der Beziehungen zu Telefonen hat?

Ich aber entgegnete: Und Sie haben nicht zufällig Beziehungen zu einem, der Beziehungen zu Tierparkballkarten hat?

Er brauchte eine Weile, um seine Frage und meine Frage in ein Verhältnis zueinander zu bringen, und dann gingen in den Augen des Ersten Persönlichen Beauftragten für die Sicherung des Staatlichen Branntweinmonopols alle Lichter an, und er rief ergriffen: Ach, so machen die das!

Er hatte mich für einen Abenteurer gehalten, als ich zu ihm gekommen war, und als ich von ihm ging, war ich einer. Denn ich ging, die Zuständige Person für Telefone zu suchen. In meinen Taschen trug ich nichts. In meinem Herzen wohnte die Hoffnung auf ein wenig warmes Frühstücksgebäck. In meiner Erinnerung waren Wünsche versammelt, die einander nur berührten, weil es mich gab.

Ich war der Mann mit kommenden Beziehungen

zu frischen Brötchen. Ich war der Mann mit möglichen Beziehungen zu anfeuernder Lektüre. Ich war der Mann mit denkbaren Beziehungen zu Tierparkballbilletts. Ich war der Mann mit vorstellbaren Beziehungen zu einem Freitagstrautermin. Ich war der Mann mit nicht gänzlich ausgeschlossenen Beziehungen zu Telefonen. Ich steckte so voller Möglichkeiten, daß ich mich selber kaum zu glauben wagte.

Und kaum zu denken wagte ich an die bald fällige Begegnung mit der Zuständigen Person für Telefone. Denn was würde sie zu fordern und ich darauf zu bieten haben? Schließlich, Telefon, das war ja schon ein anderer Ausdruck für Beziehungen. Telefon war Instrument und auch Symbol. Wer über die Vergabe von Telefonen zu sagen hatte, hatte das Sagen sehr. Wie sollte mit dem zu reden sein? Wie sollte ich mit ihm wohl reden?

Das war eine vertrackte Schwierigkeit, und vor der standen andere, die auch nicht gerade simpel waren. Die Identität wie Adresse der Zuständigen Person herauszufinden war eine davon. Weil es anders auf Episches hinausliefe, sage ich nur kurz: Ich habe sie gemeistert.

Ich habe auch das Problem gemeistert, wie an die Zuständige Person heranzukommen sei, aber vorher bin ich noch zu Bäcker Schwint gegangen und habe mich in die Schlange gestellt wie an einem beliebigen Morgen, und niemand, denke ich, hat mir angemerkt, daß es mein letzter Aufenthalt unter den geduldig Bedürftigen werden sollte. Ein paar Kleinigkeiten nur trennten mich vom Bäkkerhof, auf dem an güldenem Nagel goldene Brötchen meiner warteten. Ein paar Formalitäten hinderten mich eben noch am Wechsel meiner Verhältnisse. Lediglich ein Telefon sollte es sein, freigegeben von der dafür Zuständigen Person an die Beauftragte für das Personenstandswesen, kürzer und falsch auch Standesbeamtin genannt. Lediglich ein Trautermin mußte eingetragen und beglaubigt werden für einen eigentlich überfüllten Freitag. Lediglich zwei Tierparkballbilletts sollten herausgerückt sein vom Wächter über diese wie auch über das Branntweinmonopol des Staates. Lediglich mußte einem Vetter ein Buch entrissen werden, das in blumigen Wendungen verwegene Andeutungen machte. Lediglich war ein Bäckermeister in die Pflicht zu nehmen, von nun an eines jeden Backtagsmorgens zum Beutelchen für den Dentisten und zum Beutelchen für den Mechaniker an einen dritten Nagel ein Beutelchen für mich zu hängen. – Lediglich eine Schaltung war erforderlich im Netz der Beziehungen, um mich aus der Demutsfigur zu entlassen, die man Schlange heißt, so dachte ich, als ich ein letztes Mal in dieser Schlange stand, doch was mir überhaupt nicht beispringen wollte, war eine Idee davon, wie ich die Zuständige Person zu der besagten Schaltung bewegen könnte.

Bald danach an diesem Morgen saß ich in einem bedeutenden Wartezimmer und verstand mich nicht ganz: Alle Strudel hatte ich umschifft, alle Felsen umfahren, eine Wand nur trennte mich noch von jener Stelle, an der es Telefone gab und infolgedessen und infolgediesem und infolgejenem und infolgeanderem dann auch goldkrustige Brötchen, und ausgerechnet hier wußte ich nicht weiter?

Aus meiner Tasche stieg in sanftem Waber der Duft des heute noch einmal schwererstandenen Gebäcks zu mir auf; zwei scharf gebackene und zwei weiche Brötchen und dazu die zwei normalen und heute noch unverzehrten Semmeln wärmten mir durch Schrippenbeutel und Taschenleder und

Hosenbein hindurch das Bein, und mein Kopf war heiß, weil die Gedanken in ihm von übergroßer Eile waren.

Wenn es denn nun zum Treffen kam mit der Zuständigen Person für Telefone, die gleichsam auch die Zuständige Person für meine Brötchen war, was konnte ich ihr sagen? Sollte ich jammern? Wer Telefone vergibt, hat schon allen Jammer dieser Welt gehört. Sollte ich schwindeln? Wer Telefone hat, kann jegliches prüfen. Sollte ich einfach alles offenlegen, also alles sagen? Ich ahnte aber, daß man Zuständige Person nicht wird, wenn man sich alles sagen läßt. Auf solcher Laufbahn hört man ausgewählte Teile an. Was jedoch war für meinen Fall das richtige Teil?

Ich wußte es nicht und schickte mich gerade an, mich aus meinen Träumen zu trollen, als eine Person durch den Warteraum schritt, die an jedem Schritt als Zuständige Person zu erkennen war. So geht man, wenn man entscheidend ist. So schreitet man, wenn man Schicksal macht. So bewegt sich die Macht. Gar nicht wuchtig, ganz unbedacht. Auf selbstbestimmter Bahn vorbei an Gleichgültigem, das man freundlich ansieht und nicht sieht. In einem Tempo, das in niemandes anderen Belieben steht.

Da wußte ich ganz, daß hier für mich nichts zu holen war, und ich machte mich bereit, aus dem Wartezimmer zu verschwinden, sobald die Zuständige Person in ihrem Amtszimmer verschwunden war.

Aber zwei Schritte an mir vorbei und noch dreie entfernt von ihrer Tür verhielt die Zuständige Person, und sie tat auch das mit jener vollkommenen Selbstverständlichkeit, welche sich aus langer Übung in Befugnis ergibt. Die Person hob ein wenig die Nase, wie auch wir Gewöhnlichen es tun, wenn wir einem Duft nachgehen, und erkennbar wurde ein Mann in mittleren Jahren, ein hochgewachsener und trainierter Mann mit vollem Haar in Grau und Schwarz, ein gut gekleideter, vielleicht eine Spur zu modisch gekleideter Mensch, der jetzt sehr menschlich wirkte, weil er mit offenen Nüstern in der Wolke stand, die von den Brötchen in meiner Tasche ins Wartezimmer aufgestiegen war.

Der mächtige Mensch sah auf die Tasche und sah, daß ich ihr Besitzer war, und er gab mir einen Wink, ihm zu folgen. Das heißt, weil ich mich der Wahrheit verpflichtet fühle, muß ich sagen: Im Grunde gab er der Tasche den Wink, und mich erreichte dieser nur, weil die Tasche ihm nicht gut alleine folgen konnte. Wir folgten ihm, die Tasche folgte dem schönen Mann, und ich sorgte dafür. Er bot uns einen Sitzplatz an, und er sagte, während er meine Tasche nahm und öffnete: Ich darf doch mal? Er nahm den Schrippenbeutel aus der Tasche, und er sagte, während er die Schnur aufzog: Ich darf doch mal? Er steckte die schöne Nase in den Beutel, verdrehte die schönen Augen im süßen Duft, und er sagte, während er die Brötchen sacht auf seinen Schreibtisch gleiten ließ: Ich darf doch mal?

Dann saß er lange da und betrachtete, was Bäcker Schwint so gut gebacken hatte, und in seinem schönen Mannsgesicht waren Freßgier und Sehnsucht versammelt, Demut beinahe, weil sein Auge so Vollkommenes sah, und jene Wildheit war auch in seinem Blick, vor der sich fürchten muß, wer zu verlieren hat, was ein solcher haben will. Er legte den Brötchenbeutel über die Brötchen, als gelte es, einen gleißenden Glanz etwas abzudecken, und er sagte zu mir: Wo gibt's denn die?

Ich nannte den Namen meines Bäckers, und aus purer Geselligkeit dachte ich einen Augenblick daran, nach der Art von Frau Lörke hinzuzufügen, daß Herr Schwint auf eine aktenkundige Weise eifersüchtig sei, aber der Mann hatte jetzt wieder viel von einer Zuständigen Person, und so gab ich nur die Adresse des Meisters hinzu, und als ich mich noch fragte, wie man einer Zuständigen Person auf schickliche Art erklärt, daß es allerdings einige Umstände macht, will man an solches Gebackene kommen, hörte ich mich sagen: Beim Bäkker auf dem Hof in einem Balken sind drei Nägel, an einen davon hängt man diesen Beutel mit abgezähltem Geld . . .

Ich wollte die Prozedur noch näher erläutern, wollte auch erklären, daß sich der Beutel nicht ohne weiteres fülle, wollte von diesem Weiteren berichten, wollte erzählen vom Bäcker, der sich seine Abende mit chinesischer Lektüre anzuschärfen gedachte, und von einem Vetter, den es zu einer Schäferin im Tierpark zog, und vom Kummer des Ballkartenverteilers wegen des Sohnes und eines schwer erlangbaren Trautermins und von einer Standesbeamtin, die kein Telefon besaß, aber die schöne Mannsperson hatte kein Ohr für Beiwerk; sie wollte nur Namen und Adresse des Bäkkers notieren. Ich gab die noch einmal an, und während der Mann schrieb, fragte er leichthin: Und wer braucht nun das Telefon?

Ich lieferte ihm die Daten der Standesbeamtin, lieferte aber nicht die Geschichte dazu, denn allzu deutlich zeigte die Zuständige Person, daß sie von Geschichten nichts hören wollte. Geschichten sind eine umständliche Lebensform, und dies war ein Mann der kurzen Wege.

Er nahm den Hörer von einem der vielen Apparate auf seinem Tisch, drückte einen Knopf und wartete, und während er wartete, hängte er seine Nase noch einmal in den Semmelduft, der von meinen Brötchen in sein Zimmer stieg, und für einen Augenblick schien alles Amt von ihm abzufallen.

Aber als er seinen Anschluß bekam, war er nur noch Amt. Er las die Anschrift der Standesbeamtin ins Telefon und fügte hinzu: Eine Sofortsache. Dann legte er auf und sagte zu mir: Sehen Sie zu, daß die Frau heute nachmittag zu Hause ist, und sorgen Sie, daß ab morgen meine Brötchen an dem Nagel hängen. Ein Sortiment wie Ihres hier.

Er zog den Leinenbeutel von meinen Brötchen, und er betrachtete sie nicht anders als liebevoll. Ich darf doch mal? sagte er und nahm von den schärfer gebackenen Schrippen eine, roch an ihr, wog sie auf der Hand, betrachtete sie aus verschiedenen Entfernungen, schien gar in sie hineinzulauschen und biß schließlich hinein. Als wisse er nun erst genau, welch vorteilhaften Handel er eingegangen war, nickte er und sprach beim Kauen: Jawohl, die nehmen wir, ich schicke den Fahrer.

Dann gab er sich ganz meinen Brötchen hin, er verschlang alle sechs, und mir blieb die Zeit, unser Geschäft zu überdenken: Die Frau bekam ihr Telefon, die jungen Menschen ihren Trautermin, der Vetter sein Festbillett, der Bäcker das Lustding aus China, und der Mann, der vor meinen Augen meine Brötchen fraß, würde von nun an immer Brötchen bekommen. Meine Brötchen.

Meine Brötchen? Wieso denn, Moment doch mal, wo blieb da ich? Wenn der Persönliche meine Brötchen, wo blieb dann ich? Wenn die Standestante telefonieren konnte, was konnte ich? Wenn die Jungmenschen einander bald amtlich addieren durften, was machte das mir? Wenn mein Vetter Eintritt fand in höhere Tierparkkreise, was sprang für mich dabei heraus? Wenn es den mörderischen Bäcker nun abends lustig anheben würde, was brachte das mir am Morgen? Mich brachte das alles nur um die Aussicht auf die Brötchen an jenem dritten Nagel. Mich brachten all diese Geschäfte aus dem Geschäft. Irgendwo in diesem Handel war ich verlorengegangen, und ich verstand es nicht. Und ich mochte es nicht. Und ich konnte gar nichts machen.

Ich konnte nur zurück in die Bäckerschlange treten, wenn ich die von mir erschlossenen Beziehungen in Beziehungen zueinander gebracht haben würde.

Ich konnte am Ende der Kette verstohlen ein Buch über den Bäckertisch schieben und wispern, es solle, auch wenn man mich weiterhin in der Schlange sehe, beim Brötchenbeutel am dritten Nagel bleiben, und dann würde ich in die alte Ordnung fallen.

Etwas anderes blieb mir nicht. Unmöglich, dem Bäcker meinen Handel zu erklären und zu hoffen, das werde ihn bewegen, einen weiteren Haken ins Holz zu schlagen. Ich wußte, was er mir nach meiner Geschichte sagen würde. Ja, ja, Herr Farßmann, würde er sagen, so ist das, wenn man nichts zu bieten hat. Grausame Welt, aber keiner von uns beiden hat sie gemacht. Nun muß jeder sehen.

Und auch die Zuständige Person, die vor meinen Augen gerade mein letztes Brötchen fraß, würde sich, gesetzt, sie hörte mir überhaupt zu, kaum anders vernehmen lassen. Wahrscheinlich würde sie sagen: Ich darf doch mal? und mir dann mit schönem Schwung in den Hintern treten.

Dachte ich, und es war schon Grimm, mit dem ich zusah, wie die Zuständige Person die letzten Krümel meines letzten Brötchens aus den Mundwinkeln leckte, aber der Grimm wandelte sich in Giftiges, als die Person Anstalten machte, unser

Treffen zu beenden. Sie erhob sich und hatte die Augen dabei auf der Tür.

Da sagte ich: Nicht den Fahrer schicken, bitte. Der Bäckermeister Schwint ist eigen. Und stolz ist er auf seine Frau. Sie müssen die Schrippen selber vom Nagel holen, und wenn Sie ab und an in den Laden gehen und Frau Schwint ein artiges Komplimentchen machen, das hat der Meister gern. Ein-, zweimal die Woche einen Scherz ins Ohr geflüstert, Sie werden sehen, wie das den Bäcker freut!

Die Zuständige Person schien es nicht gewohnt zu sein, beraten zu werden, und daß eine Artigkeit aus ihrem Munde offene Frauenohren fand, war ihr wohl übergeläufig. Sie erhob sich, tat einige Münzen in meinen Brötchenbeutel und gab ihn mir mit einem Blick, der eine Anweisung war. Dann schob sie mich in Richtung Tür, wobei sie nicht zu sagen vergaß: Ich darf doch mal?

Seither stehe ich wieder beim Bäcker Schwint in der Schlange, aber ich beschränke meinen Einkauf auf zwei Brötchen und gelegentlich ein halbes Brot, und die etwas taube Frau Lörke bringt es fast um, daß ich ihr nicht verrate, warum diese Änderung.

Herr Schwint lebt noch auf freiem Fuß, und die Zuständige Person steigt noch wie von hohem Roß, wenn sie aus dem Dienstwagen steigt, um durch ein Tor auf den Bäckerhof zu schreiten.

Zweimal hat es sich schon ergeben, daß ich dabei war, wenn der stattliche Mann in den Laden kam, um der Frau Schwint etwas ins Ohr zu sagen, was ihr dann beide Ohren rötete. Es hat sich in beiden Fällen so gefügt, daß der Bäcker in der Nähe war, und von seinen mächtigen Rückenmuskeln habe ich abgelesen, wie sehr er lauschte.

Wenn ich dann beim Frühstück sitze, beiße ich in meine Schrippen, als könnten es von dieser Art die letzten sein. Denn manchmal, so denke ich, trifft man noch auf eine Tomate, die wie eine Tomate schmeckt. Manchmal riecht eine Gurke herb und süß, wie die Gurken einstens rochen. Manchmal sehen Erdbeeren nicht nur aus, als wären sie Erdbeeren. Manchmal sind Brötchen, was Brötchen einmal waren. Und manchmal ist Eifersucht noch so mörderisch, wie es sonst nur die alten Geschichten erzählen.

PLEXA

Berlin gilt als ein Ort, an dem man leben kann, aber als ich die Wolgareise bekommen hatte, sagte ich mir: Es ist einmal etwas anderes. Zwar wäre mir der Balaton lieber gewesen, doch die Festlegung lautete nicht auf Balaton. Also Wolga.

Bei Astrachan bin ich mit zwei russischen Lehrerinnen ins Gespräch gekommen, wodurch ich viel über Strelitzenaufstände und die Goldene Horde und auch die Kiewer Rus erfuhr und in gewisser Weise einiges über meine engere Heimat.

Diese Schiffsreisen lockern den Menschen wahrscheinlich, denn als sich herausgestellt hatte, daß die beiden Damen, Mutter und Tochter übrigens und in Kasan zu Hause, noch nie in einem deutschen Land gewesen waren, wohl aber gern gewesen wären, sagte ich gleich, dann sollten sie eben mich besuchen.

Das sei nicht so einfach, hörte ich von ihnen, weil die Behörden ein von befreundeten Behörden beglaubigtes Einladungspapier sehen wollten. Im Wolgawind vor Astrachan erklärte ich meine Bereitschaft, ein solches Dokument zu beschaffen.

Nun ist meine Fähigkeit, Amtliches zu regeln, begrenzt, und manche meiner Freunde wundert das. Du als Buchhalter! sagen sie und wollen es kaum glauben. Als sei ich der Lenker von Aktionen, die ich in Wahrheit lediglich vermerke. Ich mache keine Ereignisse, ich trage sie nur ordentlich ein.

Dennoch bin ich, vom Wolgastrand zurückgekehrt an den der Spree, eines Feierabends mit einem Anflug von Tatendrang zum Meldeamt gegangen. Die Stimmung legte sich beim Blick in den überfüllten Warteraum. Die Örtlichkeit war beschaffen, wie ich ihresgleichen kannte. Man ist am Lebensnullpunkt dort.

Die späten Behördenstunden sind für Werktätige wie mich gedacht, aber belegt war das Gestühl zum größeren Teil von Bürgern weit älterer Bauart. Alte wie Junge sahen mich gleich dem Eindringling an, der in eine Gemeinschaft bricht und Kreise sprengt, die schützend geschlossen waren. Auch schien man etwas über meinen Gruß hinaus zu erwarten, und als ich das nicht lieferte, sagte ein betagter Mann zu mir: Sie müssen fragen, wer hier der letzte ist.

Gehorsam erkundigte ich mich, und der Alte antwortete: Ich! – Er war sichtlich stolz auf die Unterweisung und konnte in einem einsilbigen Wort Genugtuung mitklingen lassen. Er war nicht mehr der letzte; ich war es jetzt, und ich fragte mich, ob man es großschreiben müsse: Der letzte bin ich, ich bin der Letzte.

Aber am Fortgang der Gespräche merkte ich, daß ich aufgenommen worden war in den Kreis, und in der Schule hatte man mir einst über die Gleichberechtigung von dessen Teilen gesprochen. Keinen Anfang gab es in ihm und kein Ende und also auch nichts erstes oder letztes, das hatte mir sehr gefallen.

Die Erinnerung besänftigte mich, und ich fand es nun übertrieben, den Warteraum einen Nullpunkt zu heißen. Man lebte nur nicht ganz in ihm und war nicht völlig bei der Sache, die man versah. Man lebte halb, indem man wartete.

Im übrigen hatte ich mich aus freien Stücken ins

Meldewesen begeben und einer Freundlichkeit wegen zu den Antragstellern gesellt, und anders wahrscheinlich als mancher Mitwartende hier kam ich mit klarem Sachverhalt, der nur noch seinen Eintrag wollte. Hier wurde Ordnung betrieben, und die mußte sein.

Gelöst von soviel Einsicht, erschrak ich nicht, als ein seltsames Schnarren ertönte und in einem Kasten über der Tür die bläßliche Leuchtschrift erschien: DER NÄCHSTE BITTE!

Zwar hatte man Belangloses geplaudert und noch einmal in der unergiebigen Zeitung gelesen oder auch nur halb beleidigt vor sich hin gestarrt, aber hauptsächlich, zeigte sich jetzt, war man auf die Signale eingerichtet gewesen. Ich habe darauf geachtet: Nicht jeder unterbrach sein laufendes Tun und hob den Kopf, um zu erfassen, wer der nächste, der Nächste, der NÄCHSTE sei, jedoch gänzlich unbegleitet hat den Eintretenden niemand gelassen. Es gab unverstellte Blicke von Leuten, die gar zu gern gewußt hätten, was den Mitmenschen über die Amtsschwelle trieb, und es gab andere, Halbblicke nur oder allenfalls Zehntelblicke, die dem Register dienten: Wenn das der nächste ist, wann bin dann ich es?

Kaum aber war die Behördentür ins Schloß gefallen, baute sich jene Spannung wieder auf, die aus Lagen entsteht, in denen man nicht verbleiben möchte. Da führte auch Neuzugang nur zu mäßiger Entladung. Wer jetzt noch kam, änderte nichts an der Entfernung zwischen der eigenen Position und der des nächsten unterm Leuchtschild.

Ich allerdings sah der nach mir eintretenden Frau mit gehobenem Interesse entgegen, denn durch sie erst wurde ich ganz in den Durchlauf gekoppelt. Ich hing nicht mehr als letzter nur der Bewegung an, sondern war nun auch mit Schub versehen.

Meine Ablösung schien mit den Organisationsformen des Wartens wohlvertraut. Sie überschlug mit einem Blick uns alle, die wir vor ihr waren, übersetzte unsere Zahl in Minuten, aus denen sie Stunden machte, und als ihr Mundwinkel sich senkte, wußte man: Das dauerte ihr zu lange.

Auch an dem Ton, in dem sie die fällige Frage stellte, war ihr Unmut zu bemerken, und ich dachte störrisch: Ja, gute Frau, da müssen wir nun alle durch!, doch mein Bekenntnis, daß ich der letzte sei, hat kaum störrisch geklungen. Anders hätte sich meine Ablösung länger bedacht, ehe sie mir mit ihrem Ansinnen gekommen wäre, aber sie kam gleich damit, und es war in eine Frage gekleidet: Würden Sie mich bitte vorlassen?

Nicht immer machen Kleider Leute, und nicht immer macht Satzbau aus dringender Forderung höfliches Ersuchen. Dies war so ein Fall, und ihm gemäß erwiderte ich: Warum sollte ich?

Es ist eine Kulturfrage, sagte die Frau, und erst jetzt schien sie die Anteilnahme aller Versammelten zu bemerken. Mit welchem Recht sie es machte, weiß ich nicht, aber durch Blick und Gebärde wußte sie unseren Wartensgenossen zu zeigen, daß ich der einzige im Raume sei, der trotz so durchgreifender Erklärung noch weiterer bedürfe. Sie zog mich tiefer in die Fensternische, in der ich Platz gefunden hatte, und sprach zu mir, wie man zu Kranken spricht: Um achtzehn Uhr wird es bulgarische Gitarren geben, Marke Rusalka, Herkunftsort Cremona, und eine davon will ich haben.

Weil ich nicht wußte, wie sonst der Anschlag abzuwehren sei, antwortete ich: Cremona liegt nicht in Bulgarien.

Es steht aber in den Gitarren, sagte die Frau,

und es ist kyrillisch geschrieben. Ich nehme an, vorsichtshalber.

Ihr Ton war der von jemandem, der jemanden ins Vertrauen zieht. Ich war dieser Jemand, und es ist eine Schwäche von mir, daß ich mich gern ins Vertrauen gezogen sehe. Um die Blöße abzudekken, fragte ich barscher, als mir liegt: Wenn Sie schon in den Mandolinen lesen durften, warum haben Sie keine gekauft? Außerdem, auch falls ich Sie vorlasse, schaffen Sie es nicht bis um sechs.

Die Frau überhörte meine Schroffheit und gab geduldig Auskunft: Die Verkäuferin hat ein Muster gezeigt. Verkauft wird erst um sechs. Es ist wegen der Berufstätigen, sagt sie, aber ich glaube, sie liebt einen vollen Laden.

Solche gibt es, sagte ich, und die Frau deutete es als Zeichen meiner Einwilligung. Sie nahm einem eintretenden älteren Herrn die Frage nach dem letzten ab und wies mit dem Daumen auf mich.

Aber ich bekam noch Antwort in der anderen Sache, und es war dabei, als spreche die Frau schon aus einer gewissen Entfernung zu mir und auch herab aus einiger Höhe. Noch zwei oder drei so freundliche Leute wie Sie, sagte sie, und ich schaffe es bis um sechs. Wer war denn vor mir vor Ihnen dran gewesen?

Neid erfüllte mich, als ich ihr Können bedachte. Fast mühelos hatte sie sich gegen mich eingewechselt, aber sicherheitshalber faßte sie die neue Ordnung auch in Worte. Ich hoffte, der betagte Mann werde ihr mehr Widerstand leisten, und zugleich zeigte ich ihr den Alten, wie man vielleicht, um in solcher Rolle nicht allein zu sein, ein Opfer dem starken Verfolger zeigt.

Ich bedauerte sehr, nicht Ohrenzeuge der Überwältigung werden zu können, denn mein Leidensgefährte saß entfernt, und während sich die Frau einen Weg zu ihm bahnte, bedachte ich, daß ich sie wenigstens hätte fragen sollen, aus welch zwingendem Grunde sie die Schlange in dieser Amts-stube aufrollte, anstatt aussichtsreich in jener Reihe Posten zu fassen, die sich vorm Ausgabepunkt für bulgarische Gitarren formierte. Und wozu mußte es ein Gerät aus Bulgarien sein, Marke Rusalka und hergestellt im kyrillischen Cre-mona?

An diese Frage gab ich mich umso heftiger drein, weil ich in einem Augenwinkel die Annäherung jenes älteren Herrn gewahrte, der später als ich und die Frau gekommen war und nun nach ihr und mir der letzte heißen mußte. Ich wußte, was er wollte, und ich wollte es nicht hören. Ich versuchte, ihn mit grimmigem Blick am Sprechen zu hindern, aber er war wohl so sehr ein Herr, daß ihm Grimm gegen sich nicht denkbar schien.

Sie sind also der letzte, sagte er, und es klang, als habe er lange nach mir gesucht und als sei ich seine letzte Hoffnung.

Ich muß es melden! sagte er und starrte durch das Fenster auf die Straße. Die Scheiben hätten es verdient gehabt, geputzt zu werden, und auf der Straße war nichts, was zum Gegenstand einer Meldung taugte. Abklingender Feierabendverkehr, den ich nur deshalb nicht verdrossen nenne, weil ich nicht weiß, ob Fuhrbetrieb auf Großstadtwegen mit solchem Wort zutreffend bezeichnet ist. Nur daß ich mir wünschte, wußte ich, meine Gäste aus Kasan träfen nicht eben zu einer Stunde ein, in der sich die Verkehrsmittel so verdrossen durch die Hauptstadt bewegen. Ich hätte aber nicht zu sagen vermocht, warum das von Belang sein sollte. Ich wußte nicht einmal, wie sich Pfade und Fuhren von Kasan ausnehmen.

Der alte Herr jedoch, der meinen Platz in der

Reihe wollte, weil er etwas melden mußte, hat über Wagen und Wege in Berlin alles gewußt. Alles jedenfalls, sagte er, was man erfährt, wenn man als Zähler an einer Kreuzung sitzt und das Mobilaufkommen studiert und in Zahlen faßt.

Um es zu bekennen: Des öfteren habe ich, wenn ich an einer solchen Beobachtergruppe vorbeikam, den Wunsch verspürt, mich nach ihren Techniken zu erkundigen. In verwinkelter Weise waren sie beruflich verwandt mit mir. Sie stellten fest, was sich wann und wo bewegte, machten Summen daraus und wohl auch schon Tendenzen, und wenn sie auch nicht die letzten Schlüsse zogen und zu Maßnahmen keine Befugnis hatten, so setzten doch sie erst mit ihrem Tun andere in den Stand zu gehobenem Handeln. Verkehrsbuchhalter waren sie, und kollegial hätten wir uns austauschen können.

Aber Vorsätze dieser Art schleppt man durch die Zeit. Einmal hat man es eilig, bei nächster Gelegenheit fehlt die Lust, dann wieder verbietet sich des Wetters wegen längeres Verweilen an zugiger Straßenecke, und trifft sich eines Tages alles günstig, Muße, Klima und Laune, dann geht es auf der Kreuzung gerade so hektisch zu, daß man die bejahrten Forscher beim Datenfassen nicht stören möchte.

Insofern war es günstig, daß just dieser alte Herr an mir vorbei in die Meldestelle drängte, denn weit ausführlicher als die Frau, welche zu den bulgarischen Gitarren wollte, hat er sich mir erklärt. So habe ich nun gründlich Bescheid übers Fuhrwerkzählen. Es ist, ich hatte es geahnt, eine verantwortungsvolle Tätigkeit. Man muß analytisch befähigt sein, nervenstark und mit gesunder Lunge versehen. Ausgezeichnete Sehkraft setzt sich voraus, und Ignoranz gegenüber technischen Entwicklungen speziell im rollenden Bereich verbietet sich streng, weil es gilt, Personenkraftwagen von Lastkraftwagen zu unterscheiden und diese wieder von Schwertransportern und alle zusammen dann noch von Krafträdern jeder Art.

Die anfallenden Zahlen der verschiedenen Maschinengruppen, sagte der alte Herr, werden per Knopfdruck in die entsprechenden Register des Handzählgeräts eingegeben, und da muß ein Finger wissen, was der andere tut.

Anfänger unter den Zählern halten das Gerät in der Linken und stochern suchend auf ihm herum. Ehe sie sich entscheiden, in welcher Ordnung ihnen die Finger gewachsen sind, haben längere Kolonnen ihren Transit genommen. Man hat schon an Trainingslager mit simulierten Traffiksystemen gedacht, sagte der alte Herr, aber es ist eine Devisenfrage, und am Ende heißt auch hier die Praxis der beste Lehrmeister, und wer durchhält und einiges Talent hat, beherrscht einmal sein Instrument wie ein Klarinettensolist.

Er ließ mich sehen, wie vollendet man das bewegliche Aufkommen der Hauptstadt erfassen kann. Der verschmierten Scheiben nicht achtend, hielt er die Augen auf der Kreuzung vorm Meldeamt, und seine Hand hielt er mir vors Gesicht, und was sich auf den Straßen bewegte, bewegte einen seiner Finger, und laut dachte er mit, was seine Augen sahen, und zu jedem Fingerknick sagte er: Klick!

Ich hätte nicht auf diesen Könner zu weisen vermocht, als eine Frau mit Kind den Warteraum betrat und nach dem letzten fragte. Weil komplizierter Durchzug verschiedener Vehikel die Zählerfinger gerade tanzen ließ, hob ich zur freiwilligen Meldung, daß ich von den Wartenden der letzte sei, die Hand.

Der Herr nickte zu meiner Opfergebärde, und gleichzeitig gab er einen todessüchtigen Motorradfahrer mit unverzögertem Klicken in die Summiermaschine.

Als die Demonstration zu Ende war, fragte ich, was er so dringend beim Amte melden müsse. War man als Zähler auch ein Helfer der Behörde, und mußte man ihr zur Kenntnis bringen, was an regelwidrigem Verhalten angefallen war? Die Passage des eiligen Motorsportlers eben, wäre die, gesetzt, sie hätte sich während des Zähldienstes ereignet, Grund für eine amtliche Meldung gewesen?

Nein, sagte der alte Herr, er sei nur wegen der puren Zahlen da, und unsauberes Betragen dürfe ihn nicht kümmern. Unsauberes Betragen der Fahrer nicht, wohl aber solches, wenn es bei Zählern angetroffen werde.

Und er hatte es angetroffen?

Er hatte. Einer zählte falsch. Eindeutig und absichtlich.

Nachweislich auch?

Was heißt nachweislich? Ich sehe es! Er gibt falsche Daten ein. Die gehen zuerst in das Handgerät, dann in die Endzählung, dann in die Hochrechnung, dann in die Tendenzwertung, dann in die Plankurven, dann ins Budget und endlich in eine völlig verfehlte Verkehrsablaufgestaltung.

Ich sagte: Versehen kann sich jeder mal, und solche Folgen wird das wohl kaum haben. – Ich hörte mir befremdet zu; so spricht kein Mann meines Berufes.

Ich bekam auch gleich die Strafe, denn der alte Herr sagte in einem Ton, der ebenso fein wie schneidend war: Wenn man derart dächte, bräuchte man nicht erst in Wind und Wetter dazustehen! Und ein Versehen ist es nicht, es ist Absicht, und ich muß es melden.

Nachweislich ist es trotzdem nicht, sagte ich, und er entgegnete mit gar nicht so feinem Blick: Als ob nun Sie davon auch nur die Spur verstünden!

Er brachte zuviele Vermutungen in diesem Satz unter, also sagte ich fest: Ich muß Ihnen den Platz entziehen, den ich abgetreten hatte. Nicht ich bin jetzt der vorletzte, sondern Sie sind es wieder. Außerdem bezweifle ich, daß Sie mit Ihrem Fall ins Meldeamt gehören.

Wenn es sein muß, kann auch ich mich zu verstehen geben, und der Herr hat begriffen und ist schnell gegangen.

Es hatte nun schon längere Zeit, vielleicht des beträchtlichen Dialoges wegen, niemand mehr den Warteraum betreten. Dafür war von den Vorderleuten so mancher durch Schnarren und Leuchten in die Abfertigung gebeten worden, und ich fand an einem Tische Platz, auf dem eine vergilbte Frauenzeitschrift lag. Wenn diese Sachen alt genug sind, lesen sie sich wie neu, und ich wollte schon nach dem Druckerzeugnis greifen, als sich ein amtlicher Vorgang zwischen mich und das Wissenswerte schob. Eine Polizeibedienstete erschien und fragte, ob wer noch ein Formblatt brauche. Sie hob verschiedene Papiere hoch, als habe sie diese preisgünstig abzugeben, und benannte sie mit Kürzeln, von denen einige mir geläufig waren und andere nicht.

Zwei Halbwüchsige wollten Personalausweise, und als das Mädchen seine Unterlagen bekam, knickste es auf eine Weise, die ich vergessen glaubte. Mehrere Rentner verlangten Visaformulare für die Westfahrt, und sie machten sich sogleich daran, diese Zeugnisse ihrer höheren Reife auszufüllen.

Ich will jemanden einladen, sagte ich auf den

fragenden Blick der Leutnantin, zwei Damen aus Kasan.

Ehe ich hinzufügen konnte, wo diese Örtlichkeit gelegen ist, hatte die Behördenangestelle mir mehrere blaßblaue Blätter ausgehändigt und dazu gesprochen: Zweimal SU und in Druckschrift bitte!

Die Frauenzeitung diente mir als Unterlage, und zur Not wäre ich auch ohne sie ausgekommen, denn viel Schreiberei war nicht nötig, den Besuch aus Kasan in die Wege zu leiten. Meine Personalien und die der beiden Damen, das war fast alles. Und den Grund für die Einladung sollte ich angeben.

Größeren Raum auf dem Vordruck nahm ein Schriftsatz ein, der in nicht undringlicher Amtssprache auf meine Verpflichtung wies, für Kost und Logis zu sorgen und auch geradezustehen im Falle, die von mir Geladenen bereiteten dem Gastland ein Finanzproblem.

Das unterschrieb ich schnell, denn Beutelschneider waren die Pädagoginnen, mit denen ich mich auf dem Flußmeer vor Astrachan so angenehm unterhalten hatte, gewißlich nicht. Mir kam die Mahnung des Amtsblattes ein wenig ungebührlich vor.

Aber, eingeräumt, es hatte Fälle gegeben. Ein Kollege von mir, der hinterm Haus edle Hunde hält, hat zugereiste Zuchtfreunde für die Dauer einer Leistungsschau in seine Wohnung genommen. Drei Tage sollte das gehen, aber der Besuch verblieb mitsamt zweier riesiger Hütehunde einen Monat, und was an Gleichgesinnten im Lande siedelt, fand sich im Laufe der Wochen ein, tauschte sich aus über den Hund als Hüter und verzehrte auch einiges.

Wahrscheinlich hatten Vorgänge dieser Art den Passus ins Formular gebracht, und wäre auf ihm die Weisung gedruckt gewesen, daß Nichtzutreffendes zu streichen sei, hätte ich gewußt, wo meine Feder ansetzen. Die Damen aus Kasan besaßen kein Viehzeug und wollten lediglich einen Blick auf unsere Hauptstadt werfen.

So denkt es sich rasch, aber geschrieben macht es stutzen. Grund der Einladung: Blick auf Hauptstadt. – Was sollte die Behörde von solcher Auskunft halten? Gewiß verlohnte Berlin die Anfahrt selbst aus Kasan, aber wenn amtliche Stellen fragen, wollen sie keine verblümte Antwort.

Da schien es besser, ich schriebe: Tourismus. Doch das klang mir unzutreffend. Zu den beiden Damen paßte eine Bezeichnung nicht, bei der es sich zunächst an Rucksäcke denkt, und außerdem war nicht nach dem Grund ihrer Reise, sondern nach dem Grund meiner Einladung gefragt. Auch bei mir jedoch lag kein Tourismus vor. Bekanntschaft lag vor, und so konnte die Begründung lauten.

Ich wollte sie schon in die freie Spalte schreiben, aber weil es eine im Beruf erworbene Eigenschaft von mir ist, jeden Posten penibel zu bedenken, wechselte ich mich gegen den Beamten ein, der meinen Antrag lesen würde. Die Polizistin etwa, die sicher nicht nur Papier verteilte, sondern es dann auch studierte, was würde diese brave Frau mit Schulterstücken meinen, wenn sie eine solche Antwort sah?

Ehe ich mich tiefer in behördliches Denken versetzen konnte, stürzte ein junger Mann ins Wartelokal und fiel mir beinahe vor die Füße. In übermäßig gebückter Haltung stand er da und bat mich, ihn vorzulassen.

Ich bin gar nicht der letzte, wollte ich sagen, denn nach dem retirierten Wagenmelder war jene Frau mit Kind erschienen, die ausnahmsweise nicht vorbei an mir in die Reihe wollte, und nach ihr waren während der Formularausgabe noch einige Leute gekommen, aber die gingen mich schon nichts mehr an. Wenn jeder seinen Vordermann im Auge behielt, war alles in Ordnung.

Ich wollte dem jungen Menschen diese Ordnung erläutern und ihn wissen lassen, daß ich nicht der letzte sei, und ich hätte ihn auch fragen mögen, wieso er ausgerechnet mich dafür hielt, aber andere klärten den Neuling über Reihenfolgen auf.

Der war nicht leicht entmutigt. Er stellte sich ordentlich hin und sprach zu uns allen: Es hat auch nur Sinn, wenn ich sofort eintreten kann und vor jedem von Ihnen der nächste bin. Nur dann hebt sich mein Dasein.

Wir hätten eine stumpfere Versammlung sein müssen, um da nicht hinzuhören. Wir waren aber lebensgeschärfte Leute, und jene Frau, die bei der Annäherung an eine bulgarische Gitarre mich und andere überwunden hatte, durfte sich als unsere Sprecherin fühlen. Das nächste Leuchteschnarren würde ihr gelten, und so war es ihr Vorrecht, den jungen Mann nach der genaueren Beschaffenheit seines Daseins zu fragen.

Erkennbar hatte sich der seine Antwort auf dem Wege hierher auf die Zunge gelegt, und daß sie strategisch geordnet war, erfaßte ich bald.

Im wesentlichen, sagte er, gehe es um eine Wohnungsfrage, aber zur Zeit sei er ein Fernstudent und des abschließenden Kurses wegen für einige Wochen in der Hauptstadt ansässig. Die Wohnungssache laufe dort, wo er seit Geburt zu Hause sei, in Burg bei Magdeburg, und in bezug auf seine künftige Behausung sei die Berufung ins hauptstädtische Schlußseminar ein Segen gewesen. Denn aus den hier zeitweilig zusammengezogenen

Kräften rekrutiere sich die Nationale Einsitzreserve.

Am Aufhorchen um mich her habe ich gemerkt, daß ich nicht allein nicht wußte, was das für eine Reserve war, und im Verein mit allen habe ich es erfahren. Es handelte sich um eine Gründung des Protokollzentrums und war ein Abdruck der Fernsehzeit. Die Einsitzgruppe sei, so hat uns der junge Mann verraten, nichts anderes als ein Mobiles Kommando zur Abdeckung von Sichtblößen, Kurzwort MOKAS, und als solches ein Konfrontationsfaktor.

Dies ist es, was ich mit der strategischen Ordnung seiner Mitteilungen meinte. Zuerst das Großwort Dasein, dann das Allertagswort Wohnung und nun nur noch dunkle Begriffe; da bleibt Anteilnahme nicht aus. Unsere Sprecherin hat um Worterklärung gebeten.

Wir bekamen sie. Wir erfuhren, daß wir unterm Diktat planetarischer Existenzverzahnung leben, Kurzwort PLEXA, und nicht glauben dürfen, unser Tun oder Lassen bleibe auf der Gegenseite unbemerkt. Wichtig sei nur, es der Gegenseite nicht zu leicht zu machen. Genauer noch, komme es darauf an, es ihr schwer zu machen, und vom Erschwernisinstrumentarium sei die Nationale Einsitzreserve, Kurzwort NAISI, ein integrierender Bestandteil.

IBEI, sagte die Frau, die Kyrillisch konnte, und als der Fernstudent sie etwas schafsnäsig ansah, fügte sie hinzu: Ein weiteres Kurzwort nur, aber ich wollte Sie nicht unterbrechen.

Ich jedoch hätte es gern getan, denn man kommt mir nicht mit Wohnungssachen, um dann ungefragt in planetarische Reserven auszuweichen. Nur wurde ich hier nicht gehört, und der Student hatte weiter das Sagen.

Wahrscheinlich war er am Ende seines langen Lernens so angefüllt mit Wissen, daß ihn jedes abgegebene Wort erleichtern mußte. Von einem bestimmten Wichtigkeitsgrad an, sagte er, werden gesellschaftsrelevante Zusammenkünfte im Fernsehen gezeigt, und die Bedeutung des Sprechers dort läßt sich aus der Zahl der Zuhörerköpfe ermitteln, die in seine Rede hineingeschnitten werden. Nach heute gültiger Meinung verhält sich das persönliche Ansehen des Referenten umgekehrt proportional zur Kopfeinschnittsumme. Damit haben sich die Zuwachs-Abschwung-Leute mit ihrer Theorie durchgesetzt, die ungefähr besagen will ...

Können wir uns denken, sagte die Frau unterm Türschild, das ihr bald schnarren und leuchten würde, aber wenn es jetzt klingelt, und ich sehe noch keinen Zusammenhang mit Ihrer Wohnungssache, gehe ich hinein. Also?

Der junge Mann sprach ohne zu hasten weiter: Aus Gründen der Optik und auch der Verbundenheitspflege halten sich die Kameras vornehmlich an Köpfe in den ersten sechs Reihen. Hier hat das Protokoll die Weiteren Persönlichkeiten des öffentlichen Lebens untergebracht, Kurzwort WEIPÖÖS, und für die Gegenseite ist das Studium dieses Platzes von höchstem Interesse. Wie sitzt man? Nach Alphabet oder Präferenzen? Wer ist da, und wer fehlt, und warum ist wo eine Lücke? – Eingangs habe ich unter den Konfrontationsfaktoren auch die Sichtblößen aufgeführt, und jetzt füge ich hinzu: Von denen die gefährlichste ist die Lücke.

Auch verstanden, sagte die Frau, und die Einsitzreserve muß nun in die Lücken, richtig?

Richtig, antwortete der Fernstudent, und ich bin für heute eingeteilt, die staatliche Führung ist angesagt, und der Grippe wegen ist mein Einsitz wahrscheinlich. Aber ich habe meinen Personalausweis verloren, er ist gefunden worden, man hat ihn hier abgegeben, ich soll ihn holen. Ich muß ihn holen, denn ohne ihn komme ich nicht ins Festhaus, weil der NAISI-Paß nur in Verbindung mit der Personenkennzahl gilt, und die . . .

Und die steht im Ausweis, ist klar, sagte unsere Sprecherin, einzig dunkel ist noch der Bezug zu Ihrer Wohnungssache, und sagen Sie nicht, ich hätte Sie nicht angehört!

Sie blickte zum Schild hinauf, als fordere sie dessen Signale endlich ein, und dem jungen Mann war das ein Zeichen, seine strategische Reserve heranzuführen. Der Bezug stellt sich her, sagte er, wenn das Nationale Fernsehen, das auch in Burg bei Magdeburg empfangen wird, meinen Kopf zu den führenden Köpfen schneidet und mich darstellt als eine der Weiteren Persönlichkeiten unseres öffentlichen Lebens. Das sollte genügen, mir mein Dasein zu heben.

Noch in sein Sprechen hinein leuchtete und schnarrte das Zutrittsschild, und ich habe ein weiteres Mal erfahren, daß ich Bürger unter gebildeten Bürgern bin, Teil einer intelligenten Nation, der manchmal ein Wort genügt, sich so oder so zu verhalten.

Gemeinsam haben alle anderen Wartenden auf die Tür gewiesen, und unser Fernstudent ist über die Schwelle getreten, als habe er es nicht anders von uns erwartet.

Jene Frau gar, die sich immerhin in der Gefahr befand, eine Gitarre aus dem bulgarischen Cremona nicht zu bekommen, hat ihm einen freundschaftlichen Schubs gegeben, und zu sehen war: Sie teilte sein Glück. Wir alle teilten es. GLÜCK war das Kurzwort für die versammelten Empfindungen.

Solch Fühlen hat mich in den Stand gesetzt, nun

unbeirrt die eigene Sache und die der beiden Damen aus der Stadt am Wiesenufer der Wolga in die Hand zu nehmen: Grund der Einladung, Freundschaft also, das mußte genügen.

Auch wenn es eine Übertreibung war, denn im Flußwind vor Astrachan hatten wir uns nur insoweit vereinigt, wie es nötig schien, der Gemeinschaft von Behörden entgegenzutreten. Kiewer Rus und Aufstand der Strelitzen war das Thema gewesen, und Aufruhr der Herzen hatte nicht stattgefunden. Zwei pädagogische Damen aus Kasan, Mutter und Tochter noch dazu, und ein durchreisender Buchhalter, das führt, nehme ich an, selten zu Romanzen. In unserem Falle hatte es nicht einmal zu Freundschaft geführt, aber ins Formular durfte das Wort, weil es gedeckt war durch das größere Ganze.

Nur, wie ich das bedachte, bereitete es mir andere Skrupel. Vermutlich geschah es öfter in diesem Amt, daß einer seine sehr persönlichen Wünsche losungsbreit verbrämte, und den spöttischen Blick der Frau mit Schulterstücken wollte ich mir ersparen, auf den ich aber Anspruch hatte, wenn ich in die Spalte für den Einladungsgrund nichts weiter als Freundschaft schriebe.

Warum nicht gleich Völkerfreundschaft? würde der Leutnantsblick besagen.

Also nahm ich Anlauf, etwas von Persönlicher Freundschaft zu malen, auch wenn ich aus der Ferne die Frage hörte, wie man sich unpersönliche Freundschaft vorzustellen habe. Ach was, Persönliche Freundschaft war gut. Man würde das kaum überprüfen wollen, aber wenn, von mir aus gern. Wer konnte die Erklärung widerlegen, so nun einmal, gerade so gestalte sich bei mir Persönliche Freundschaft: im ruhig hinfließenden Gespräch über aufständische Strelitzen, Staatengründungen und die ausgreifenden Reisen der Goldenen Horde. Wen außer mir und den beiden Damen ging es an, in welchen Formen unsere Beziehung lebte? In diesen Dingen hält es jeder für sich, und Vorschrift wird nicht angenommen.

Ich war dabei, die Lücke im Formblatt endlich zu schließen, als ein weiteres Mal die Leutnantin vor mein Innenauge trat. Persönliche Freundschaft?, hörte ich sie sprechen und dann fragen: Welche von beiden ist die glückliche Person? Der einen könnten Sie Vater sein, von der anderen nicht ganz das Kind, so etwas macht neugierig. Oder haben Sie, frage ich außerbehördlich, auf beide Ihr männliches Auge geworfen? In solchen Fällen, lieber Herr Farßmann, ist es mit Sehkraft allein nicht getan, und ob die befreundeten Ämter diese Verbindung gutheißen werden, steht dahin. Bürger, Sie sollten sich bedenken!

Ich bedachte mich, und weil ich mich zwischen Persönlicher Freundschaft und solcher, die nicht weiter gekennzeichnet war, nicht entscheiden konnte, wußte ich die bläulichen Blätter nicht auszufüllen, und so ging mir die Bekanntmachung im Warteraum leicht von den Lippen, man möge in mir, der ich überm Dokument noch etwas zu grübeln habe, ab sofort wieder den letzten in der Reihe sehen.

Anstatt nun aber einfach mich aus der Rechnung zu nehmen und sich in der verbleibenden Ordnung zum Amtstisch zu begeben, eröffneten die restlichen Leute erneut den Wettbewerb um Ränge.

Da ich die Formation verlassen hatte, war ich schuld an den aufkommenden Turbulenzen, und nur die Einsicht, daß dieses Mittel verbraucht war, hinderte mich, meinen Verzicht zu annullieren. Gern hätte ich mich, taub für das Restliche, in die

Formularlücke zurückgezogen, aber solche Abschottung war nicht möglich. Bilder und Worte erreichten mich, und als der Fernstudent und die Gitarrenkäuferin gemeinsam die Behörde verließen, erwiderte ich zwar ihre Abschiedsgrüße, doch war ich beteiligter bei den verbliebenen Sachen und Menschen.

Eine Frau, von der ich meinte, ich hätte sie in einem amerikanischen Film als Säuferin gesehen, versuchte etwas Kindisches. Selbst ich im Dienst am Formblatt durchschaute ihr Bemühen, unauffällig an die Tür zu kommen und die Bewegung in einen Nebel aus nichtigem Geschwätz zu hüllen. Von einer entflogenen Wildente handelte ihr entbehrlicher Bericht, aber niemand ließ sich auf den entwichenen Vogel ein. Man schwieg und legte hölzerne Blicke zwischen die Frau und ihr Ziel.

Eine Weile hörte man, daß einige der Verbliebenen erkältet waren, und vielleicht, um die Stimmung zu lockern, berichtete ein Mann von seinem Antrag auf Erhöhung der Reisevalutaumtauschquote. Im erreichbaren Nachbarland nämlich hätten die Terrarienausstatter eine Amphibiennahrung im Angebot, welche die Molchshaut nicht stumpfe. Die hiesige Ware aber, das beobachte er an seinen Feuersalamandern, die stumpfe leider.

Der Mann hat es gut gemeint, aber so zugespitzte Fachlichkeit hat jede Erörterung verhindert, und atmosphärisch ist durch die Vorstellung von abgestumpften Feuersalamandern auch nichts verbessert worden.

Ein Jugendlicher nur, der wohl annahm, nach Ente und Salamander seien alle übrigen Archenarten ins Gespräch zu bringen, hat eine Keksschachtel und einen Zettel vorgewiesen. Der Zettel war ein tierärztliches Attest, demzufolge die altrosa

Färbung des Sittichs in der Schachtel als echt zu gelten hatte. Altrosa Sittiche erzielten enorme Preise und wurden daher neuerdings gefälscht. Weil sich sogar einige Veterinärsgutachten als Falsifikate erwiesen hatten, verlangten besonders vorsichtige Käufer behördliche Gegenstempelung der Papiere. Der Junge schwenkte die wertvolle Urkunde, und als er die Schachtel wieder an seinem Busen barg, sah ich hinter einem der Luftlöcher im Karton ein rares Leuchten wie von altrosa Gefieder.

Auch das Licht im Rufkasten schimmerte nun rötlich, und sein Schnarren war einem Gurren ähnlich, und auf die freundlichen Signale hin erhoben sich vier Personen gleichzeitig. Eine Familie schienen sie zu sein, und wie es aussah, machten dreie lediglich die Eskorte der vierten. Gesprochen hat keines von ihnen, so daß ich nicht sagen kann, aus welchem Grund sich vier verwandte Personen gemeinsam zu Amte begeben müssen.

Dafür wurde es durch den Massenabgang übersichtlicher im Warteraum. Außer einem grämlich dreinblickenden Mann und mir verblieben nur noch die Tierhalter und eine jüngere und ansehnliche Frau. Die sagte zu mir: Bleibt es dabei, daß Sie der letzte sind? Dann bin ich nämlich, wenn es Ihnen nichts ausmacht, die nächste.

Es bleibt dabei, und es macht mir nichts aus, sagte ich, und mir war undeutlich so, als hätte ich noch etwas zu erledigen. Weil man auf entfallene Dinge am ehesten kommt, wenn man sich nicht zu sehr darum bemüht, und nicht weniger, weil ich gern mit ansehnlichen Frauen spreche, fügte ich hinzu: Ich bezweifle, daß sich das Meldeamt auf solche Tierangelegenheiten einläßt. Oder kommen Sie auch mit einer?

Sie hätte antworten können, daß man so Leute

ausfragt, aber sie erwiderte arglos: Nein, ich melde nur meine neue Adresse.

Das freute mich für die Leutnantin. Endlich einmal etwas, das dem Wesen des Hauses entsprach. Ein klarer Stempelfall und Eintragungsvorgang. Ein Ordnungsschritt, nicht weniger, aber auch nicht mehr. Angenehm für die Polizistin, weil schnell getan, und angenehm für uns, die wir die letzten in des Tages langer Reihe waren.

Freilich, als ob es sie gereute, so knapp nur Auskunft gegeben zu haben, reichte die junge Frau eine Erklärung nach: Ich habe die Wohnung gewechselt, weil ich nicht mehr aushalte, was mein Mann jeden Sonntagmorgen mit mir macht.

Sie schien sich noch einmal zu zügeln, und ich wollte sie bitten, uns nicht mit Einzelheiten in Verlegenheit zu bringen, aber heraus mußte aus ihr, was sie vermutlich viel zu lange ausgehalten hatte. Es ist meines Mannes Leidenschaft, sagte sie, am Sonntag mit dem Beiwagenkrad um die Kiesgrube zu jagen. Im Laufe der Jahre ist scharf am Grubenrand ein Pfad entstanden. Den haben wir dort in den Sand gedrückt, mein Mann auf der Maschine und ich im Beiwagen. Zuerst kam es meinem Mann nur auf das Tempo an. Aber dann wollte er mit Vorderrad und Hinterrad Spur auf dem Lande halten, und ich sollte über dem Abgrund neben ihm schweben. Weil der Grubenrand Einbuchtungen hat, geht es an manchen Stellen, nur geht es längst nicht auf der ganzen Runde. Mich freut das, denn so durch die Luft ist gar nicht lustig, aber mein Mann will nun einmal auf zwei Rädern um die Kuhle. Wir haben es in beiden Richtungen versucht, doch selbst, wenn man den Beiwagen links statt rechts ankoppelt, was gesetzlicherseits verboten ist, geht es nicht. Ich habe zu meinem Mann gesagt, gegen Natur und Fliehkraft kann er nicht an, aber er sagt, das will er sehen. Wir sind schon viermal in die Grube gefallen. Es reicht.

Es war ihr anzumerken, daß sie die Sache nicht weiter mit Fremden bereden wollte, und ich versuchte mich an dem Drehproblem, bei dem es um Bewegung und Schwerkraft und Fliehkraft ging, doch wurde mir ein wenig schlecht davon. So freute es mich doppelt, als die Schreiberin im Unterleutnantsrang die Familiengruppe durch den Warteraum geleitete. Die älteste der vier Personen blickte zufrieden, die anderen waren es, schien mir, nicht so sehr. Die Amtsbedienstete schloß hinter ihnen ab und sagte zu uns: Ein Tag war das wieder! Die beiden Sterne drückten ihr schwer auf die Schultern, und sie sah uns an, als suche sie herauszufinden, mit welchen Prüfungen wir ihr noch kommen würden. Sie wies auf die Tür unterm Rufschild, und die Frau vom Kiesloch folgte ihr ins Schreibzimmer. Ich hoffte, die eine werde der anderen von den Problemen des Schwebens und der Grube schweigen.

Leicht zu sagen heute, aber ich hätte es ertragen, wenn auch der vergrämte Mann, nach dem ich der letzte war, geschwiegen und sich also dem Brauchtum des Warteraumes verweigert hätte. Mit Nachricht war ich nun genug versehen, und von seiner ließ sich seiner Miene nach nur Ungutes ahnen. Auch war mir, als warte Nichterledigtes auf mich, doch ehe ich zu dem zurückgefunden hatte, rief mir der gramgezeichnete Mann über mehrere Tische zu: Jetzt will ich polizeilichen Leumund schriftlich!, und nach diesem versprechenden Auftakt folgte ähnlich Gehaltvolles. Ich verenge jetzt, was bei ihm ein verzweigtes Berichtsdelta war.

Er arbeitete im Staatskomitee für Mittel und Wege. Seine Tochter bekam Geigenunterricht. Die

Geige fiel herunter, und ein Wirbel brach ab. Ein Kollege wußte jemanden, der so etwas richtet. Aber an dem Tag, an dem er seinem Kollegen das Instrument bringen wollte, war höchster Besuch im Staatskomitee für Mittel und Wege angesagt. Zu den Pförtnern hatten sich viele Männer gesellt, die zu jung für Pförtner waren. Schon weit vorm Komiteegebäude standen welche und hielten sich an ihren Taschenschirmen fest. Und sahen auf den Mann mit dem Geigenkasten. Zuerst dachte der sich nichts. Dann dachte er an ältere Filme und den Geigenkasten als klassischen Behälter. Als er umkehren wollte, hatte er schon Begleitung. Also ging er zum Dienst, und neben ihm gingen zwei junge Männer, die auf Regen eingerichtet waren und den Eindruck zu erwecken suchten, sie schlenderten durch den Morgen. Der Mann fand es erheiternd, und doch wurde der Kasten, in dem eine zerbrochene Kindergeige war, unmerklich schwerer. Merklich dichter wurde das Geleit. Und im Schlendern ringsum war etwas von federnder Bereitschaft. Das machte den Mitarbeiter vom Staatskomitee für Mittel und Wege witzig. Er hielt den Mitarbeitern des anderen staatlichen Organs den Geigenkasten entgegen und rief: Wirklich nur eine Kinderfiedel! Das aber war verkehrt von ihm. Und noch verkehrter war es, zu Worten und Gebärde herzlich zu lachen. Es hatte ansteckend wirken sollen, aber es ist als anzüglich gewertet worden. Zwar hat er den Kasten nicht öffnen müssen, aber solange der leitende Besucher im Hause war, hat man Mann und Behälter nicht aus den Augen gelassen. Danach gab es einige Aussprachen. Zuerst ging es um die Geige, die im Dienstgebäude nichts zu suchen hatte. Das sah er ein. Daß er seine Tochter besser erziehen müsse, sah er nicht gleich ein, aber als sie es auf den sorglichen Umgang mit wertvollen Gegenständen bezogen, sah er es ein. Ferner sah er ein: das Gebot der wachen Wachsamkeit, die allgemeine Lage, das Besondere an der allgemeinen Lage, die wachsende Notwendigkeit, den Verschlußsachencharakter persönlicher Gespräche und die Unumgänglichkeit persönlicher Gespräche in Fällen wie seinem. Schwerer fiel ihm die Einsicht, daß sein ganzes Leben besprochen werden mußte. Das Scheitern seiner ersten Ehe. Schulische Dinge der Tochter. Oder seine Aktivität als Helfer beim Roten Kreuz. Da haben sich einige weitere persönliche Gespräche um seine Uneinsichtigkeit gedreht. Und um das Prinzip der Einsicht, das der Uneinsichtigkeit prinzipiell entgegensteht. Man wäre bereit gewesen, den Geigenkasten und das Gelächter zu vergessen, aber die Haltung des Mitarbeiters, die konnte man nicht übergehen. Die war keine Haltung eines Mitarbeiters im Staatskomitee für Mittel und Wege, und weil man sich auf anderes nicht einigen konnte, einigte man sich auf ein weiteres persönliches Gespräch.

Von dessen Inhalt habe ich nicht erfahren, denn als die Leutnantin die beifahrensmüde Frau und wohl auch die Tierfreunde hinausbegleitet hatte, fragte sie den Mann und mich, was wir noch auf dem Herzen hätten.

Führungszeugnis, sagte der vergrämte Mitarbeiter, und die Polizistin hieß ihn zwecks Einleitung der Prozedur seine Daten niederlegen, und wenn es weiter nichts sei, fügte sie hinzu, könne ich gleich mit an ihren Schreibtisch treten.

Der grambeschwerte Mann wurde in eine Kladde eingetragen. Es ging rasch, und nur flüchtig konnte ich bedenken, daß mir die Leuchte nicht geschnarrt hatte. Galt etwa hier der Letzte nicht als Nächster?

Die Angestellte hat mich gehindert, der aufrührerischen Frage nachzugehen. Meine Sache, hat sie froh gesagt, zähle zu den einfachsten von allen ihren Obliegenheiten. Zweimal die Unterschrift, zwei Stempel, zweifach Gebühr, dann könnten wir alle aus dem Haus. Sie sagte es nicht, aber zu hören war, wie sehnlich sie sich aus der Behörde dachte. Ihre Einkaufstasche stand bereit, ein Schlüsselbund mit Siegel lag daneben.

Die Frau nahm mir die Blätter und den Ausweis ab. Flüchtig prüfte sie, ob meine Adresse in dem einen Dokument zu der in den anderen stimmte, und während sie Beglaubigung unterschrieb, klopfte sie sacht mit dem linken Zeigefinger auf die freigebliebene Stelle für den Einladungsgrund.

Jetzt wußte ich wieder, wovon ich ein wenig abgekommen war, und ich sagte verlegen: Ja, wissen Sie, es sind zwei Lehrerinnen aus Kasan, und wie sich bei Flußfahrten die Dinge manchmal gestalten, vor allem in sommerlichem Abendwind und unter einem Himmel, der schon hinüberreicht zum Morgenland . . .

Sie klebte Gebührenmarken, drückte Stempel auf die blaßblauen Urkunden, nahm mein Geld und gab mir die Papiere mit den Worten: Tragen Sie es selber ein, Sie werden schließlich wissen, was Sie für Gründe haben. – Dann griff sie nach dem Schlüsselbund und wollte uns hinausgeleiten.

Ich bat sie, für mich und meinen Abgang noch einmal das Türschild in Gang zu setzen, es sei so gut für Auge und Ohr. Es hat mich zwar ein Blick gestreift, aber sie hat die müde Hand auf den Klingelknopf gelegt, und als ich mit dem beglaubigten Papier, das ich, man denke, nach eigenem Ermessen noch gestalten durfte, über die Schwelle schritt, war zu meinen Häupten ein Wirbeln eher als ein Schnarren, und geleuchtet hat es himmelsblau. Ein Tönen und Scheinen war, wie es sich gehört, wenn einer der erste, der Erste, der ERSTE ist, und der Mann vom Komitee für Mittel und Wege strebte eilig fort von mir die Treppe hinunter.

Mir war das recht, denn er war der Mutskerl nicht, von meinen Ahnungen mitgeteilt zu bekommen, und war wohl auch zu verschlissen von anderen Gesprächen. Im übrigen blieb man in diesem Lebensmoment besser allein. Der Kreis hatte sich auf den Punkt verkürzt, und ich war der Punkt. Ich war von einem Ende der Zeuge oder von einem Anfang. Ich hatte es schriftlich. Ich hatte es insofern schriftlich, als ich über ein Paar gedruckter Doppelpunkte verfügte, denen nichts weiter folgte. Behördliche Dokumente trug ich bei mir, unterschriebene und gesiegelte, die zu bedenken mich schwindlichter machte als jegliche Sausefahrt um gähnende Grube. Uferloser und bodenloser Abgrund klaffte auf meinem Papier. Ein saugender Weltriß, geeignet, alles Erdreich zwischen hier und Astrachan sowie jegliche Kreatur samt Mensch und Salamander schmatzend in sich einzuschlürfen. Amtliches blanko, das war das Tier, das sich selber frißt. Das war das Ende.

Und was den Anfang betrifft, schien mir, ich könnte just in jenem Augenblick bei staatlicher Stelle gewesen sein, als ein gewisses Absterben begann. Angesagt war es schon länger; warum also sollte es nicht in meiner Gegenwart begonnen haben? Und wie anders sonst hätte man sich solchen Tod zu denken? Denn nicht von jähem Kollaps und urplötzlichem Stillstand des Atems, sondern von besagtem Absterben eben, das wohl mit Ausbleiben und Unterlassen beginnt, war der Klassiker Rede gewesen.

Auch denke ich, im Unterschied zu Kreisen beginnen Tode irgendwo. Wenn aber irgendwo, dann kommt ein Meldeamt so gut wie jeder andere Punkt in Frage. Warum denn sollte die unverwaltete Zeit nicht mit einer überarbeiteten Leutnantin und dem stillen Satz beginnen: Ihre Gründe tragen Sie dann selber ein.

Als ich mich dieses denken hörte, schauderte mir doch im kahlen Treppenhaus und so allein mit dem kahlen Behördenpapier. Ich spürte die Versuchung, die Löcher aus leerster Leere mit beliebigem Eintrag zu stopfen und wußte mich auch den beiden Damen aus Kasan im Wort. Aber ich wehrte mich gegen das, was mir natürlich ist, und sagte laut im hohlen Stiegenhaus: Traun, wenn so umstülpender Geist aus seiner Flasche ist, will ich nicht sein, der ihn zurück in sein Behältnis korkt!

Das scheint kühn, zumal in solchem Revier, aber es war nur Pfeifen im Walde. In Wahrheit nämlich wußte ich mich der tosenden Nichtsheit nicht lange gewachsen, die ich in meiner Aktenmappe bei mir trug.

So habe ich mich denn beeilt, die beiden Urkunden auf den Postweg zu bringen. Unausgefüllt und nicht einmal eingeschrieben. Zwar ist das alles gegen alle Regeln meines Lebens, aber eine lange Briefreise lang kann ich Unausdenkliches für möglich halten. Scheinbar die Folgen einer Müdigkeit: Ein Unterlassen hier, Versagen dort, Vergeßlichkeit woanders, versickernde Gepflogenheiten, Bräuche, die zu Dunst vergehn; mir summiert sich das. Ich weiß, was nun in Gang gekommen ist, und weiß auch, wo sein Anfang war.

Märkers Freude

Wann ich auf dieser Reise nachdenklich geworden bin, weiß ich mit Ortsangabe. Wir standen an der Auffahrt zur Autobahn bei Königs Wusterhausen und spähten horizontwärts. Solange sich dort etwas rührte, hätten wir zu warten, sagte Fräulein Weigel, anders wäre es Behinderung.

Als mehrere Fahrer an uns vorbei in linker Spur auf die Bahn zogen, nannte die Wagenlenkerin einen jeden von ihnen Bastard. Einmal jedoch kamen weder Mast noch Auspuffahne über die Kimm, und Fräulein Weigel rief: Nun gilt es!

Nun gilt es, dachte auch ich und wußte mich im Abenteuer. Ich war an einer Ausfahrt beteiligt, deren Sinn nicht völlig auf der Hand lag. Nach Warschau sollte es gehen, vornehmlich eines Kronleuchters wegen, und als Verkehrsmittel diente ein Trabant, der noch nicht ganz eingefahren war. Er gehörte Fräulein Weigel, die in gewisser Hinsicht auch nicht ganz eingefahren war. Sie schien mir mit vielem vertraut, aber nicht so sehr mit der Bedienung eines Automobils. Eines ihrer Argumente, warum wir jetzt im Februar auf die Landstraße sollten, hatte gelautet: Da ist es nicht so heiß.

Fräulein Weigel hieb das Fahrzeug mit einer Technik in die Piste, welche mir vom Fernsehen bekannt war, Neujahrsspringen, oberste Luke, doch gleich danach ließ sie es gemächlicher angehen. Sie schöpfte jeden der Gänge voll aus, und wen sie in Dienst stellte, den nannte sie bei seinem Namen. Dieses war der erste Gang, rief sie und ersparte uns nicht den schlimmen Reim: Doch der zweite folgt sodang!

Ich habe Komparation und Lyrik ertragen, weil ich wußte, daß der Trabant mit vier Gängen auskommt, und weil ich hoffen durfte, bis zur Grenze werde es nichts zu schalten geben.

Zwar besitze ich weder Fahrerlaubnis noch Fuhrwerk, doch habe ich ein Stück meines Lebens an der Seite einer Frau verbracht, die durch ihre Lernphase ging. Von daher kenne ich jene ersichtliche Bewußtheit, mit der Handgriffe getan und Pedale getreten werden, und ich kenne auch den Vortragszwang, der manche Fahrer regiert, solange sie ein A an der rückwärtigen Scheibe haben. Als handle es sich nicht um inzwischen hundertjährige Künste und als seien Beifahrende ihnen pädagogisch unterstellt, begleiten sie ihre Motionen mit Rufen wie: Hier nehmen wir das Gas nun ein wenig zurück!

Wollte ich dem nachforschen, stellte sich womöglich heraus, daß meine Ehe unter der versammelten Last solcher Bekundungen zerbrochen ist. Und vielleicht auch unter der Wucht meiner Anmerkungen in gleicher Sache.

Das lag weit zurück, und weit voraus lag eine fremde Hauptstadt, die man zu dieser Zeit ohne weiteres besuchen konnte. Man tauschte ein Geld und fuhr los; an der Grenze tat es der gewöhnliche Ausweis. Angenehm und kaum zu glauben, aber es hatte auch seine heiklen Seiten. Keine Frist zum Überlegen blieb, wenn beispielsweise Fräulein Weigel eines Tages mit dem Vorschlag im Büro erschien, die Brigade Buchung möge den längst beschlossenen Ausflug auf das kommende Wochenende legen, und Warschau solle das Ziel sein.

Ist das nicht zu weit?

Nicht mit dem Wagen.

Welchem Wagen?

Sensation: Die Weigel hatte in aller Heimlichkeit ein Auto erworben. Während andere Betriebsfeste ausstatten, weil der Fahrzeughandel hat von sich hören lassen, war Fräulein Weigel zur Halterin avanciert, und niemand wußte davon. Hinter unser aller Rücken angemeldet, acht Jahre wortlos gewartet, keinem Menschen gesprochen von den rauhen Fährnissen der Fahrschulzeit, keinem geklagt über Lehrerschikanen und Prüfertücke, Examen nach zweitem Anlauf gemacht, Wagen bezahlt, Wagen geholt und reif für erste Durchsicht gefahren, und mitten im Februar mitten in der Arbeitszeit: Wollen wir nicht am Wochenende nach Warschau?

Wir sind nur vier in der Brigade Buchung, da waren wir schnell durch mit Glückwunsch und Umarmung. Die gehörten sich, aber ich blieb vorsichtig, denn die Kollegin neigte zu Innigkeit. Und einen Beweis ihrer verborgenen Energien feierten wir gerade. Also bremsend gefragt: Warum gerade dorthin?

Sie haben Kronleuchter, handgemachte.

Die werden wahnsinnig teuer sein.

Das dürfen sie, das zahle ich.

Außerdem ist es selbst mit einem Trabant etwas weit. Man wird übernachten müssen.

Das können wir, ich zahle das.

Für alle? Hatten Sie es am Ende sechsmal richtig?

Nein, sagte Fräulein Weigel, aber mit den Augen rief sie mir zu, daß dies kein unsympathischer Gedanke sei.

Wieder einmal war mir beim Umgang mit ihr, als gebe es keinen deutschen Satz, dem sich nicht verfänglicher Unterton beimengen ließe.

Übers Wochenende wird man keine Kronleuchter kaufen können, sagte ich, aber Fräulein Weigel hatte alles bedacht. Wir könnten den Montag mit Überstunden verrechnen und den Sonntag in Warschauer Cafés verleben und die Abende in Warschauer Bars, und für die Zimmerbestellung wisse sie Wege, und, wie gesagt, über die Mittel verfüge sie.

Endlich hatten auch die beiden anderen Brigademitglieder Worte. Die Cafés bei denen sollen schön sein!, lautete Ellen Jägers Beitrag, und der von Helga Woltermann ging: Aber Bar kommt teuer.

Fräulein Weigel war nichts davon neu, und sie kannte Benzinpreise und Übernachtungssätze und die Wechselkurse von Staat und äußerst privatem Sektor, und sie erklärte uns, warum sie sich in der Lage sah, für alle Kosten jenseits der Grenze aufzukommen. Das falle eben ab, wenn einer bei Wagenbestellung und Sparquotenberechnung von fünf Jahren Wartezeit ausgegangen war, und achte hatte es dann gedauert. – Ich fand, ihre Überlegung hätte für die Zeitung getaugt.

Der einzige Haken sei, sagte Fräulein Weigel, daß sie mehr Geld als zugelassen auswerfen wolle, und pro forma müßten wir uns selber tragen, aber nur pro forma.

Ich sagte: Allein der Kronleuchter wird mehr kosten.

Aber nicht mehr als unser Gesamtbudget.

Kann sein, wenn wir sonst nichts kaufen. Nur ist ein Kronleuchter auf vier Personen vielleicht zollauffällig.

Nicht, wenn er einer Brigade gehört, erwiderte Fräulein Weigel. Er ist für unser Brigadezimmer.

Natürlich pro forma, sagte Ellen Jäger, die einen Sinn für das Unnötige hat, und Helga Woltermann, die keinen Sinn für sprachliche Ausschmückungen hat, fragte: Welches Brigadezimmer?

Weigelin, Weigelin, rief ich, worein Sie uns da wieder verwickeln wollen!, und ich kam mir schon töricht vor, als der Satz noch nicht an seinem Ende war. Weil ich dazu noch den Glimmer in Fräulein Weigels Augen sah, ermahnte ich mich, meine Worte besser zu wägen.

Aber verwickeln lassen hatten wir uns, und tatsächlich galt es nun, und einmal muß man über sich hinaus, und ein Wochenende jenseits des Gewohnten konnte nicht schaden. Es gab Zeichen einer aufkommenden Behäbigkeit, dem galt es zu steuern, und selbst wenn es unter Mitwirkung von Lia Weigel geschah. Die fuhr uns nun über den Berliner Ring, und auf der Brücke vor Niederlehme sagte sie mit Kinnbewegung hin zum Wasserturm etwas von Campanile.

Na schön, da wir uns auf der Ausfahrt befanden, nahm sie die Weitgereistheit vorweg. Ich unterließ es, dem Bauwerk nachzufragen und mein Recht auf Widerspruch an diese Nichtigkeit zu verbrauchen. Eine Weile zählte ich die dürftigen Kiefern, die am Autobahnrain vorbeitrieben, und ein Lied, das ich kaum mehr als vom Hörensingen kannte, machte sich breit in mir: Märkische Heide, märkischer Sand, sind des Märkers Freude, sind sein Heimatland.

Mit dem Argwohn, zu dem man erzogen ist, lauschte ich meinem Binnengesang und wartete auf eine Verfänglichkeit. Steige hoch, du roter Adler, das mochte der Farbangabe wegen gehen, aber der Schluß war unmöglich: Heil dir, mein Brandenburger Land!

Vonwegen Heil, Heil verbot sich von selbst, aber Brandenburger Land war auch nicht erlaubter. Es galt wahrscheinlich als zulässig, wenn man nach

Rheinsberg fuhr oder Potsdam oder eben nach Brandenburg, westwärts jedenfalls oder gegen Norden, aber bestimmt nicht der Oder zu und einer Grenze, hinter der im versunkenen Irgendwann auch noch Brandenburg gewesen war.

Weil der Stauraum vom Trabant maßvoll ist, und weil an den Transport eines Beleuchtungskörpers gedacht werden mußte, hatten wir dürftigstes Gepäck verabredet, aber unsere geistige Ausstattung war beträchtlich.

Kaum hatte sich unser Reiseplan herumgesprochen, versahen uns die Kollegen mit Regelwerk. Für Sprachhinweise bedankten wir uns und vergaßen sie dann. Einkaufsvorschläge überhörten wir, weil wir auf den Kronleuchter verrechnet waren. Speiseempfehlungen brauchten wir nicht, da Fräulein Weigel mit dem Zahlen das Sagen haben würde. Und mit der Mahnung, uns nicht übermäßig deutsch zu geben, konnten wir wenig anfangen. Aber nun ahnte mir, daß wahrscheinlich Trällerschleifen wie Heil dir, mein Brandenburger Land! damit gemeint waren.

Mir ist angeraten worden, sagte ich, nicht Theo, wir fahr'n nach Łodz! zu singen, und weil im Turbinenbrausen die Verständigung mit den rückwärtigen Passagieren schwierig war, mußte ich es wiederholen.

Fahren wir ja auch nicht, sagte Lia Weigel.

Ich nahm den polnischen Autoatlas zur Hand, den Ellen Jäger gestiftet hatte, und studierte die Route. Als ich unser Fahrzeug und seine Geschwindigkeit und den Unterhaltungswert der Gespräche, die in ihm geführt wurden, auf die Karte übertrug, begriff ich, wie groß und weit die Welt sein kann.

Wir sind durch das Urstromtal geeilt und haben uns über wundersame Ortsnamen wie Müllrose ausgetauscht, und dem Tankwart hat Fräulein Weigel die Formel VK 88, 1:50, in einem Tone zugerufen, als fürchte sie, der Mann habe nie von dieser Mischung gehört, und beim Zoll vor Słubice legte sich Beklommenheit über uns, die einen wohl beschleicht, wenn man sich zu Missetat anschickt und ist noch neu dabei.

Dann waren wir in Polen und gaben uns alle Mühe, es den Büschen und Bäumen und dem Sand auch anzusehen. Wir fanden es schwierig, und Ellen Jäger rief aus dem Fond: Na ja! – Strenggläubigen hätte der Ruf nicht gefallen, aber es hätte ihnen gefallen, daß wir danach ein wenig betreten schwiegen.

Um dann um so heftiger alles zu bereden: Die Güte polnischen Brotes, die Eigenheit, Kaffee im Glas auszuschenken, die Güte polnischen Herings und polnischen Honigs, die Eigenheit, fast alles Fleisch durch den Wolf zu drehen und Suppe aus Roten Beeten zu machen, die Güte polnischer Filme, die aber nachgelassen hatte. Wie die Güte unserer Filme auch. Wie auch die Güte unseres Fernsehens.

Fast bis nach Poznań besprachen wir, ob es jemals gut gewesen sei, und an einem heckengesäumten Feld haben wir uns die Beine vertreten und haben Fräulein Weigel gelobt, weil sie auf das überraschende Manöver eines Kutschers angemessen reagiert hatte. Als ein älterer Landwirt erschien und zusah, wie Helga Woltermann ihr Butterbrot verzehrte, sagte ich zu ihm: Frau immer viel essen! Ob der Behauptung oder ob meiner Lautstärke, die gut für Blöde war, oder ob meines Pidgins ließ Helga Woltermann beinahe das Brot aus Hand und Zähnen fallen.

Ich möchte immer noch wissen, welcher Dummgeist da über mich gekommen ist, denn ich rede sonst nicht so behackt, und bis zur Tankstelle in Poznań habe ich geschwiegen.

Zugunsten des Marschplans wurde das Mittag gestrichen, und wir sind über Landstraßen gerollt und durch Ortschaften gekrochen, und ab und an hat eines von uns Lia Weigel gefragt, ob sie noch nicht müde sei.

Müdigkeit am Steuer sei ihr unbekannt, sagte Fräulein Weigel und klang, als blicke sie ein Fahrerleben zurück in Zeiten, da man noch Vollgummi auf der Felge fuhr und hinterm Lenkrad Lederkappe und Staubbrille trug.

Vielleicht weil wir uns in so sicheren Händen wußten, dösten wir anderen bis an die Umgebung von Kutno, aber als vereinbart war, daß die nächste Pause die letzte sei, machte uns Ankunftserwartung geschwätzig. Wir beredeten jedes Zeichen am längst schon dunklen Wege, das die Nähe der großen Stadt verriet, und anläßlich eines Reklameschildes der Firma Renault besprachen wir Unterschiede zwischen hier und zu Hause. Als Ellen Jäger sagte, sie habe Heimweh, bekannten Helga Woltermann und ich uns auch zu solchem Gefühl. Fräulein Weigel erklärte, so etwas kenne sie nicht, und an ihrer Art, hinaufzuschalten, ersah ich, daß eine aus dem Geschlecht der Riesen unser Fahrzeug lenkte.

Oder aus dem Geschlechte Sindbads, der ohne Kompaß das Meer befuhr. So schnurstracks, wie es die Straßenzüge nur erlaubten, brachte sie uns an den Parkplatz, der zum Hotel gehörte, und die Herberge betreffend, sagte sie weltläufig: Nicht das neueste, aber sehr gut geführt. Ich kenne jemanden, der den Manager kennt.

Sie hatten also Manager hier. Der vom Parkplatz entwarf wahrscheinlich gerade Strategien. Er saß in seinem Häuschen und war ersichtlich nach innen gekehrt. Aber nach einigem Klopfen öffnete er, und als ich mein Begehren vorgetragen hatte, sagte er: Schönes Auto. Hatten Sie Probleme mit dem Wind?

Er hörte sich an, als verkaufe er täglich Lizenzen nach Turin, und ich hätte es ihm gern gesagt. Aber weil ich einen Ankerplatz wollte und mich im Land der Satiriker wußte und auch grundsätzlich zu Demut verpflichtet, belachte ich seinen Scherz und wiederholte meine Bitte. Wir sind uns, auf Fräulein Weigels Kosten, einig geworden.

Das Hotel hieß Europejski, und am Empfang erstaunte es, daß wir bei ihnen wohnen wollten. Lia Weigel hat mit Akkuratesse die Bestelldaten vorgetragen und nicht so akkurat ihre Bekanntschaft mit Herrn Manager Wachowiak durchblicken lassen, und einmal verstreuten sie uns auf unsere Zimmer. Als ich meines sah, sagte ich mir, es werde ja nicht für lange sein. Auch lagen zwischen ihm und der Unterkunft von Fräulein Weigel soviele Treppenfluchten und Wirtschaftshöfe, daß niemand, der an des anderen Tür geriet, von Zufall und Verlaufen reden durfte.

Es war schön, fand ich, als wir uns zum Abendbrot trafen, einmal wieder unbewegt und auf geräumigem Stuhl und ungefährlichem Grund dazusitzen und statt vorübereilender Landschaft hastlose Kellner zu sehen. Zwar hatte ich mit Unbehagen addiert, was beim Eintritt zu zahlen und dann abzuessen war, aber die Speisen, die wir für einen Teil von Fräulein Weigels Erspartem erhielten, fanden in uns Platz und mundeten. Auch der Wodka mundete, und weil er nach örtlichen Gepflogenheiten bemessen wurde, war uns eine Art märkischen Humors bald anzuhören. Zum Glück wurden wir früh und fast gleichzeitig müde.

In meinem Zimmer war mir anfangs, als sei ich

ins Bettchen vom kleinen Häwelmann geraten, aber dann schlief ich traumlos in den Warschauer Sonntag.

Der ließ sich beim Frühstück freundlich an. Es war kälter geworden, und wir einigten uns auf einen Fußmarsch durch den Wind, den wir als östlich empfanden. Wir trabten die berühmte Marszałkowska hinauf und hinunter und suchten die Schaufenster nach einem Kronleuchter ab, der sich mit Fräulein Weigels Vorstellungen messen konnte. Es fand sich keiner, aber ich sagte, es sei der Bilanzierung wegen wichtig, genaue Preiskenntnisse zu gewinnen. Bevor wir die nicht besäßen, täten wir gut daran, keinen weiteren Złoty auszugeben.

An jener Straßenkreuzung, wo eine Säule den Mittelpunkt Europas bezeichnet, standen wir und besprachen die Finanzlage. Die Brigade Buchung war, so stellte sich heraus, mit Ausnahme von Lia Weigel und mit Rücksicht auf die Pläne dieser Kollegin, ohne nennenswerte Barschaft ins Nachbarland eingereist. Wir wollten uns den Einkaufsverzicht, zu dem wir zugunsten der Lampe verpflichtet waren, durch selbstverordnete Mittellosigkeit erleichtern.

Für einen hallenden Augenblick schienen mir die Ränder Europas fern, und sein Zentrum war von einer Hohlheit, in der wir verloren und ohne weitere Aussicht auf Brot und Suppe standen. Nur kalter Wind war da und eine Ahnung von Schnee.

Aber Fräulein Weigel klopfte auf ihre Tasche und sagte, es gebe keinen Grund zur Besorgnis. Doch sei es wirklich ratsam, herauszufinden, welche Kernsumme in ihrem Beutel verbleiben müsse, wenn wir die eigentliche Zielsetzung der Reise nicht aufkündigen wollten.

Ich befragte mehrere Passanten nach einschlägigen Geschäften, und es gelangen mir mittlere Lautstärke und normaler Satzbau. Auch unterdrückte ich jede Versuchung, mit Armen und Beinen darzustellen, was ein Kronleuchter ist.

Die Spaziergänger rund um den Mittelpunkt Europas wußten Adressen und Wege, und in einer Auslage der Altstadt haben wir bei fast schon eisigem Wind ein fünfarmiges Schmuckstück gesehen. Ein Preisschild war ihm nicht beigegeben, doch ließ sich der Umriß einer Summe ahnen, und Fräulein Weigel sagte, auf solchen Umriß sei sie eingerichtet.

Ich wagte, vom Volumen des Fahrzeugs zu reden, aber dessen Besitzerin antwortete: Vielleicht ist er zusammenklappbar.

Man hörte heraus, daß sie vor allem auf unsere Zusammenklappbarkeit rechnete. Auch unsere Verzehrkapazitäten schien sie für veränderlich zu halten, denn sie strich ein weiteres Mal das Mittagessen. Aber beim Kuchen im Café ist es geblieben, und weil mich eine Ahnung vom kommenden Darben anflog, übersüßte ich mein Getränk.

Fräulein Weigel hatte das Abendbrot bedacht und den Hausbrauch, die Gäste beim Eintritt ins Restaurant zu einer Mindestzeche zu verpflichten, und sie hatte herausgefunden, daß ein Talon üppig für zwei Personen reiche. Also sollten zweie zu Tische gehen und den anderen die Hälften der Speisen aufs Zimmer bringen. Helga Jäger konnte, selbstredend, ihre Wohngenossin Woltermann verköstigen, und mich würde Lia Weigel versorgen.

Es gelang mir, den Weigel-Plan zu durchlöchern, indem ich von der peinlichen Möglichkeit sprach, die Essenholerinnen könnten beim Teilen und Stauen beobachtet werden. Auch sah Lia Weigel bald ein, daß sie vor langer Rückfahrt ordentlich gegessen haben müsse. Meine Damen gingen ins Hauslokal, und ich erwarb einige Straßen weiter bei Selbstbedienung einen Gemüsesalat. Als ich ein zweites Mal im Bett vom Europejski lag, rumpelten und pumpelten die Erbsen in meinem Bauche, und an mein Fenster wehte Schnee.

Der muß die ganze Nacht gefallen sein, denn unser Weg zum Kronleuchter in der Altstadt gestaltete sich mühsam. Der Verkehr schien zu ruhen, und die Hausmeister ruhten wohl auch. Wie wir uns den Weg bahnten, sagte Ellen Jäger: Das wird sich gar nicht gut fahren!, und Helga Woltermann meinte: Gar nicht gut ist besser als gar nicht.

Fräulein Weigel schwieg. Entweder hatte sie nur noch das Leuchten im Kopf, oder sie machte sich Gedanken. Gedanken waren es, zeigte sich, als ich an der König-Sigismund-Säule behauptete, einmal habe der Schnee bis an die Füße des Herrschers gereicht, und solche Winter hätten sie öfter hier in Polen. Lia Weigel sprach von dummen Witzen.

Das sagte sie gleich noch einmal, als sie zur Lampe das Preisschild gelesen hatte. Dann fragte sie den Geschäftsinhaber, ob sie ihn sprechen könne. Der war sofort bereit dazu, vielleicht, weil er von solchem Umgang lebte. Seine Kundin und er nahmen an einem Schreibtisch Platz, und auch uns anderen wurden Stühle angewiesen. Lia Weigel legte ein beträchtliches Bündel polnischen Geldes auf den Tisch und sagte mit einer Geste, die uns und die Złoty einschloß: Gesamtbarschaft, alles Geld, Sie verstehen?

Ich verstehe, sprach der Besitzer, sowohl akustisch als auch semantisch als auch von der monetären Problemstellung her. Aber schauen Sie, meine Dame, ist es denn nicht schon wunderbar, daß man uns diese Freizügigkeit gewährt? Nun haben wir auch, was Maori und Mauretanier haben.

Fräulein Weigel war zu loben. Sie ließ dem Mann sein Spiel und spielte ihres weiter. Sie hob Schicht für Schicht vom Geldquader und nannte die jeweiligen Bestimmungen: Zweimal vier Übernachtungen, zweimal Tanken, Wegzehrung für vier Personen, Sicherheitsbetrag. – Bleibt dieser riesige Batzen für Ihre Lampe.

Schauen Sie, meine Dame, sprach der Besitzer, wie verschiedener Ansicht man doch sein kann. Mir scheint winzig, was Sie riesig nennen. Aber das beiseite, meine Dame, denn Ihre Rechnung wird nicht aufgehen. Sie wollen tanken, sind also mit dem Automobil unterwegs. Ich fürchte, meine Dame, Sie werden weitere Hotelkosten und Nährmittel veranschlagen müssen, denn heute werden unsere Chausseen noch nicht frei sein. Das heißt, frei sind sie natürlich längst, nur nicht geräumt. Sie wissen wohl: Der Winter, der Schnee, ein Montag – es will geplant sein.

Dame Weigel sah zum Altmarkt hinaus, als hoffe sie, erste Zeichen von Schmelze zu erkennen, aber dann nahm sie den Sicherheitsbetrag und legte ihn zum Übernachtungsgeld. Sie kramte ein Fahrscheinheft der Deutschen Reichsbahn aus ihrer Tasche, betrachtete es und steckte es wieder fort. Sie schob den Złotyziegel, der trotz des Abzugs der Kosten für uns noch ansehnlich war, über den Schreibtisch und sagte: Das Angebot steht, Herr Magister.

Der Besitzer nahm die Anrede hin und sprach: Leider ist es nicht akzeptabel, doch sollen Sie den weiten Weg nicht vergebens gereist sein. Für das Geld gebe ich Ihnen einen anderen kunsthandwerklich gestalteten Beleuchtungskörper. Etwas kleiner als dieser, etwas weniger reich verziert, aber nach dem letzten Knowhow installiert und das Glas venezianisch, selbstverständlich. – Er ging das Gerät holen, und die Brigade Buchung schwieg.

Weil ich davon nichts verstehe, will ich mich zu Technik und venezianischen Elementen der Lampe, die Fräulein Weigel dann erworben hat, nicht äußern. Ihr Vorzug, das sah ich gleich, bestand in den geringeren Abmessungen. Von Zusammenklappbarkeit konnte keine Rede sein, aber sie würde durch die Tür des Fahrzeugs aus Zwikkau passen.

Freilich, beim Fußtransport durch die schneeverwehte Stadt erwies sie sich als sperrig. Die bunten Gläser hatte der Besitzer in ein Paket geschnürt, das Fräulein Weigel den Kolleginnen Jäger und Woltermann anvertraute, und das Lampengerüst, von dem ich meinte, es sei vornehmlich aus Gasrohr gefertigt, wurde mir aufgehalst. Der Ausdruck trifft den Sachverhalt, weil ich das Geschirr auf den Schultern trug. Es war aber dafür nicht gedacht, merkte ich bald, und ich war auch nicht gedacht, einen ungefügen Rohrverhau durch den Schnee von Warschau zu schleppen.

Als Fräulein Weigel mir liebevoll den Mantelkragen hochschlug, um Schnee und Gestänge zu hindern, sich an meinem nackten Hals zu reiben, sagte ich zu ihr: Das Monstrum wiegt!

Ein kurzer Satz, doch ehe ich ihn heraus hatte, erkalteten Lia Weigels liebe Hände.

So bahnten wir uns stumm den Pfad durch das Wetter, und erst am Hotel Europejski sagte Helga Woltermann: Mir scheint, es wird lichter. – Vielleicht verhielt es sich für den Augenblick so, aber weil es vorher viele Augenblicke lang ganz anders gewesen war, brach genau am Ende von Helga Woltermanns Vermutung das Portaldach vom benachbarten Bristol unter der aufgehäuften Last zusammen. Es krachte nicht, es faltete sich ein und sank mit einem Seufzerlaut zu Boden. Ellen Jäger sagte, ihr sei unheimlich.

Um uns aus dieser Stimmung zu bringen, schlug ich vor, erst einmal den Leuchter ins Auto einzupassen.

Der Parkplatzwächter war nicht da. Er wußte natürlich, daß bei diesem Wetter niemand fahren konnte, aber wir hätten ihn gern um eine Schaufel gebeten. So kratzten wir Fräulein Weigels jungen Trabant mit den Händen aus, und beim Versuch, die günstigste Anordnung von vier Reisenden und einer ausladenden Lampe zu finden, haben wir die nähere Umgebung zu eisiger Ebene getrampelt. Wir sind nicht alle Positionen durchgegangen, weil Lia Weigel am Lenkrad eine fixe Größe war, aber da wir nicht Protokoll führten und manche Reihung wiederholten, zog sich die Sache hin. Herausgekommen ist Einfachstes: Bei der Herfahrt hatte der Platz gereicht, jetzt war ein nennenswerter Körper hinzugetreten, jetzt reichte er nicht mehr.

Von hier an war es nicht mehr einfach, und wir schwiegen merklich verbissener, als wir ins Hotel zurückkehrten. Lia Weigel trug ihren Leuchter selber, und Helga Woltermann kehrte den Brigadier hervor und ordnete Beratung an. Die fand in der Halle statt, und als wir anderen mehrmals bemerkt hatten, wie gut es hier rieche, kaufte uns Fräulein Weigel Kaffee.

Sie dachte aber wohl, wir seien im Preis inbegriffen, denn zu einer Beratung, die mit Idee und Gegenidee zu tun hat, ließ sie es nicht kommen, sondern sprach: Einer muß mit der Bahn.

Sie legte das Fahrscheinheft der Deutschen Reichsbahn auf den Tisch, und mir schien es ein Zertifikat ihrer Verschlagenheit zu sein. Gott wußte, welch weitere Abgründe sich in ihr auftun würden, darum sagte ich rasch: Das kann nur ich sein. Ist es wenigstens Erster?

Das und auch Schlafwagen, antwortete Fräulein Weigel, und fast verächtlich schnippste sie mir die Billetts ans Kaffeeglas. In einem Film, dachte ich, könnte man derart einen Abschied fürs Leben markieren. Aber lange nachsinnen konnte ich nicht über unser Casablanca, denn die Planerin meiner Wege gab bekannt, der Leuchter gehe mit mir auf die Bahn.

In nachgereichter Begründung kamen die Wetterunbilden vor und die Pflicht der Fahrerin, für ausreichenden Manövrierraum hinterm Lenkrad zu sorgen, und meines Wissens zum ersten Mal kam der Trabant in dieser Beschreibung als ein Kleinwagen vor. Wohingegen die Bahn mit Großraumwaggons bestückt und, wenn ich es recht verstand, in der Lage sei, pro Passagier auch noch einen Straßenkandelaber als Handgepäck zu befördern. – Fräulein Weigel kam geradezu ins Schwärmen, wie sie das Reisen auf dem Schienenstrang beschrieb, und giftig klang sie nur, als sie sagte, nun dürfe ich sechshundert Kilometer ungestört verschlafen. Zu deutlich war ihr Augenfunkeln, und ich fragte nicht, ob vorm Aufbruch in verschiedene Winde mit gemeinsamer Mahlzeit zu rechnen sei. Wenn sich die Bahn halbwegs an Lia Weigels Schilderung hielt, würde im Zuge ein Speisewagen laufen, und in dem nahmen sie auch das Geld aus meinem Heimatland.

Ich griff das Täschchen und schulterte das Lampengestänge und wollte von meiner Brigade gehn. Aber da hieß es, ich müsse auch die venezianischen Schalen nehmen. Ein Leuchter ohne Gläser mache Zollfragen los, und Gläser ohne Leuchter täten das ebenso. Fräulein Weigel hatte die Glaskronen in zwei ungleiche Päckchen geschnürt und hängte sie mir mit einem Blick um den Hals, daß ich wußte, gemeint war ein Strick um den Hals.

Überm Schnee und wohl auch wegen der reduzierten Beköstigung hatte ich die Grenzorgane vergessen, und erschrocken fragte ich: Stelle ich die Brigade nun alleine dar, oder was ist aus dem Plan geworden?

Der gilt, sagte Fräulein Weigel, nur einige Kenndaten sind verändert. Ich bringe es eben zu Papier.

Sie setzte so flüssig Text aufs Blatt, daß ich an spontanen Einfall nicht glauben mochte, holte Unterschriften von Ellen Jäger und Helga Woltermann ein und gab mir die Sache immerhin zu lesen.

Die Brigade Buchung hatte eine Lampe für den Brigaderaum erworben. Die Brigade Buchung stand im Wettbewerb, bei dem auch Kultur am Arbeitsplatz wertvolle Punkte brachte. Brigademitglied Farßmann hatte freiwillig ein Wochenende zur Verfügung gestellt, um die volkskünstlerisch gestaltete Leuchte zu transportieren, und die Behörden wurden gebeten, die Brigade Buchung im Wettbewerbskampf zu unterstützen. Mit Dank und Gruß namens des Kollektivs Helga Woltermann, Brigadier, sowie die Kolleginnen Jäger und Weigel.

Der Kurier des Zaren bricht auf, sagte ich, und vorm Europejski empfingen mich Schnee und Wind mit wahrhaft kosakischen Knutenschlägen. Wo ungefähr der Bahnhof lag, wußte ich, und weil ein Straßenverkehr nicht stattfand, hatte ich die Wege für mich und konnte, nur vom Schnee gelegentlich behindert, dorthin gehen, wo mich der Wind bei wechselnden Launen haben wollte.

Es soll nicht weit sein vom Europäischen Hotel zum Danziger Bahnhof, habe ich später gehört, aber für mich und die Brigadelampe ist es weit gewesen. Zwar hatte ich mich für Winterzeit gekleidet, doch nicht für sibirische Örtlichkeit. Und vom Boten aus St. Petersburg unterschied mich nicht nur, daß ich auf dem Kopf kein Zobelchen und in den Taschen kein Rubelchen trug. Ich war vor allem innerlich nicht eingerichtet auf werstweit weiße Wüste. Ich hatte mein Zuhause, wo märkische Heide ist und allenfalls rote Adler in den immerblauen Himmel steigen. Hier aber waren jeden Augenblick Wölfe zu gewärtigen; die Landschaft gab das her.

Nur beeilen mußte sich das Raubzeug, wenn es an meinen Knochen außer Haut noch anderes zu finden wünschte. Die Ausflugsdiät zeitigte Folgen am Körper, und für meine Moral war es nicht gut, daß sie sich, wie meine Nase mir meldete, auch in Warschau gegen Mittag ans Essenkochen machen. Die Seele hätte ich verpfändet für ein Häppchen vom faschierten Fleisch und für ein Löffelchen vom Barscht, der ruhmreichen Rotebeetebrühe.

Wölfe haben mich nicht angefallen, wölfischer Hunger hat mich nicht gefällt; ich bin zum Danziger Bahnhof gekommen und hatte nicht ausreichend Ruhe, die Frage mit mir zu bereden, warum ich entgegen dem Brauch von dieser Station nicht als dem Gdańsker Bahnhof dachte. Ich erkläre es mit Schwierigkeiten der Zunge, die ja im Kopfe ihr Echo haben.

Auf welche Züge die Leute warteten, weiß ich nicht, aber ihre Zahl muß in die Tausende gegangen sein, und den Weg hat mir die Menge nur freigemacht, weil ich so seltsam behangen war. Wenn ich mich zurückdenke in das Gewühl, sehe ich mich als zweibeinigen Elch, und ich glaube, einem solchen hätte auch ich, angesprochen von ihm nach dem Zug in Richtung Berlin, sofort Bescheid gegeben.

Auf Gleis 4 stehe, was ich suche, wurde mir gesagt, doch stehe es dort bereits seit Stunden, und ob es sich je wieder bewegen werde, sei eine Frage von Schnee, Sonne, Mond und Sternen.

Einmal also, dachte ich, war die Natur mit mir im Bündnis gewesen, indem sie meinen Zug am Ort gehalten hatte, und warum sollte sie nicht fortfahren in dieser Manier? Lediglich ein warmes Coupé galt es zu gewinnen; der Rest würde abzuwarten sein.

Bahnhofslandschaft wie diese hatte ich noch keine gesehen. Nichts und niemand rührte sich auf dem weitläufigen Areal, und seine Bestimmung war nur an den geparkten Waggons zu erkennen. Wo keine standen, war auch das Gleis nicht zu finden. Oder erst nach längerem Suchen.

Weil aber der Schnee nicht hinauf zu den Bahnsteignummern reichte, ermittelte ich meine Wagenkette doch. An der mäßigen Dicke der Dachpolster war zu erkennen, daß sie nicht durch die schützende Nacht hier gestanden hatte, und Wölkchen von Abluft über den Windhutzen zeugten von Leben.

Angeschrieben stand auch, daß sich dieser Zug auf Fahrt befinde von Moskau nach Hoek van Holland. Via Warszawa, via Berlina, hurra! – Natürlich stand nichts von Berlina da, sondern nur Berlin, aber mir war nach Berlina, und nach hurra war mir auch, und eines Liedes Zeile löste sich vom Pflock, mit dem ich sie befestigt hatte, und sang einfach los: Heil dir, mein Brandenburger Land! Das Teil von mir, das über andere Teile von mir die Aufsicht hat, setzte zum Vorwurf an, aber es war nicht die Zeit zum innerpersönlichen Dispute. Abfahrtszeit konnte, weil längst verstrichen, jeden Augenblick sein, und, was märkische Heide, was märkischer Sand, heraus wollte ich nur aus dem polnischen Schnee.

Das war auch deshalb dringlich, weil mir das weiße Glitzern zu einer Blindheit besonderer Art verholfen hatte: Ich sah Schwärze dort, wo sie im Reisezug von Moskau nach Hoek van Holland nicht ohne weiteres zu vermuten war; ich sah hinter allen Fensterscheiben nur dunkle Gesichter.

Irgendeiner dieser Umkehreffekte des Hochgebirges wahrscheinlich, oder die Beschaffenheit des Glases tönte die Antlitze ein; mir war das gleich. Ich wollte ins Warme, und als ich eine Wagennummer gefunden hatte, die zu Fräulein Weigels Fahrschein stimmte, stemmte ich die venezianische Lampe und mich durchs Einstiegsluk.

Wenn ich jene weibliche Amtsperson, die mir zunächst weiteren Zutritt versperrte, richtig verstand, mißbilligte sie mein Erscheinen, und vom Kandelaber wollte sie nichts wissen. Mein Platz sei besetzt, sagte sie wohl, und fügte etwas von schwarzen Genossen hinzu.

Weil ich aber der Schneemensch von Warschau war, der kein feineres Benehmen kennt, schob ich die Vertreterin der Großen Allunions Eisenbahn beiseite und suchte meinen Schlafplätz. Auf solche Weise erfuhr ich, daß mit meinen Augen alles in Ordnung war und daß ich einige russische Grundbenennungen kannte. Denn die Reisenden waren sämtlich von sehr dunkler Farbe. Und jung waren sie allesamt, und begeistert schienen sie allesamt von meiner Ankunft zu sein. Es hätte mich erstaunen sollen, daß sie miteinander russisch sprachen, aber das Saitenwerk, über das diese Regungen laufen, war mir eingeschneit und kurzgefroren.

Ich bin ihnen ins Abteil getappt als eisigweißlicher Gast und habe einen Gruß geknarrt und mit Nußknackerbewegungen den Fahrschein geschwenkt. Vier junge Männer studierten ihn, und drei freuten sich, weil ein vierter die Koje räumen mußte. Der war nicht weiter böse und half mir beim Versuch, den venezianischen Leuchter auf meinen Schlafplatz zu hieven. Doch gedieh uns das nicht, obwohl sich selbst aus Nachbarabteilen Experten am verzweigten Gasrohr versuchten. Wo es hin sollte, paßte es nicht, und wo es war, konnte es nicht bleiben. Es war nicht gut für die Passage auf dem Korridor, und beim Zutritt ins Abteil störte es auch.

Nach längeren Vermessungsarbeiten schien man aufgeben und das hinderliche Rohrwerk an seinem Platz lassen zu wollen, aber mein Nachbar im Bett gegenüber nahm mir Fräulein Weigels Fahrschein aus der klammen Hand und verlas seinen Kameraden meinen Bestimmungsort. Er fand auch die Kilometerzahl und sprach sie mit dunklem Gesicht und in dunklem Russisch.

Das setzte neues Sagen und Fragen in Gang, und ich habe mich so zugefroren geäußert, wie ich war. Was jemanden auf die Idee brachte, mir einen Becher vom Stolitschnaja zu reichen. Weil ich von Darben und Wetter ganz abgebraucht war, wurde mir umgehend heiter, und zu aller Äußerung nickte ich erfreut und löste damit Technisches aus.

Die Kordel um Stammröhr und Astgeröhr der Lampe wurde behutsam abgewickelt und behutsam aufgerollt, und verschraubtes Gestänge trat zutage. Schalenhalter und Fassungen entfernte man und legte sie zu den Kordelrollen. Aus Leuchtkörper und Leuchterarmen zogen sie Litzengeflecht, bündelten es und deponierten es ebenfalls auf meiner Staatsbahndecke. Dann nahmen sie sich der verbliebenen Segmente an, und weil sie über Werkzeug und Knowhow beliebig zu verfügen schienen, lag bald zu artigen Teilen aufgereiht, was eben noch gespreizte Sperre gewesen war. Mir gefiel der Anblick, auch wenn ich nicht wußte, wie ich meine Kollegin Weigel von der Verwandtschaft zwischen ihrer antiken Krone und diesem Materiallager würde überzeugen können.

Meine Kollegin Weigel oder auch meinen Zoll. Oder ganz besonders den polnischen Zoll. Der ließ, soweit man ihn kannte, über Zimmerschmuck für Buchhalterräume mit sich reden, aber technische Ausrüstung sah er wahrscheinlich nur ungern außer Landes reisen. Jedoch wie eben die nahm sich die gestückelte Lampe aus, und wie wir im Zugabteil vor meinem Bett versammelt waren, hätten wir in gewisse Illustrierte gepaßt: Entwicklungshelfer mit lernbegierigen jungen Afrikanern.

Gern hätte ich mich nach dem wahren Sachverhalt, nach Völkerschaften, Profession und Reisegrund erkundigt, aber mein Wortschatz gab das nicht her, und Schnee und Schnaps hatten mich so müde gemacht, daß ich auf mein Bett hätte niedersinken mögen trotz des verstreuten Gestänges.

Jung-Afrika erfaßte, was mit dem alten Europäer war. Zum beinahe handlichen Format eines verschnürten Wanderzelts drehte man des Leuchtkörpers Glieder, und fast bequem fand ich daneben auf der Liege Platz. Ich kehrte mich dankbar Wand und Bündel zu, und wie ich einschlief, dachte ich noch: Da liegt er nun, der ehedem stolze Lüster.

Undeutlich nur nahm ich wahr, was folgte. Manchmal schien sich der Zug in Gang zu setzen, doch ebensooft hielt er wieder. Aus der Zeit zu schließen, in der sich Räderwerk von Schienenlücke zu Schienenlücke bewegte, würde es bis zur Heimat länger dauern. Mich störte das nicht, und ebensowenig konnte mich geträumtes Gerücht erschrecken. Wir seien, so hieß es, vom Wege abgekommen und bewegten uns nur deshalb so verhalten in Richtung Oder und Neiße, weil Streckenstrang rückwärts abgerissen und vorwärts neu ausgelegt werden müsse. Ich glaubte es aber nicht.

Ich lag neben den Traumgesichten wie neben der tranchierten Lampe; beide waren nur flüchtiges Zubehör dieses Lebensstücks, und wie ich die eine ablieferte, würde ich die anderen vergessen haben. Beide wollte ich vergessen, und bald sollte das sein.

Im Maße, wie ich meine Müdigkeit abschlief, erwachten Hunger und Durst und rüttelten mich aus allen Träumen. Irgendwo im Zug, der sich in beharrlichen Anläufen westwärts bohrte, mußten Tränke und Krippe sein. Ich ließ mich vorsichtig von meinem Lager zwischen das Gepäck auf dem Boden gleiten und trachtete, die Reisegefährten nicht zu stören. Sie lagen seltsam da, langgestreckt auf dem Rücken, und alle drei hatten sich vom Fuß bis über den Kopf in ihre Decken gehüllt. Sie sahen ein wenig wie tot aus, aber wahrscheinlich ruhte man so beim Stamme der Massai.

Ich hatte sie ihrer Länge und ihrer langen Nasen wegen und auch, weil ich nicht überfirm bin in afrikanischen Stämmen, zu den Massai geschlagen. Mit der Ansicht, sie könnten von den Multinationalen zwischen Amur und Beresina welche sein, hielt ich mich nicht lange auf. Den Zeitungen zufolge gab es Afroamerikaner, aber ob es entsprechendes auf russisch gab? Man hätte, dachte ich, von denen gehört.

Weil Überlegungen dieser Art ihr Heikles haben, war ich froh, als am Schienenweg ganz sacht das Reklameschild der Firma Renault vorbeikam. Strenggenommen kam eher der Zug am Schild vorbei, aber bei unserer Geschwindigkeit hielt sich das in der Schwebe. Fest hingegen stand somit jedoch, daß wir uns trotz allen Geschiebes und Gestampfes immer noch nahe der Stadtgrenze befanden und schrecklich fern der Landesgrenze waren. Fern also auch vom heimischen Herd und von der heimischen Speisekammer.

Der Hunger schlug mir bis in den tastenden Fuß, und ich trat zwischen die gestapelten Tüten. Es knisterte kaum, aber wie die Krieger vom Stamme der Massai einmal sind, erhoben sie sich gleich Hirten, die eben den Löwen hörten.

Ich versuchte, mich ihnen mitzuteilen und griff infolge Sprachlosigkeit auf Gebärden zurück. Es ist nicht leicht, einen Speisewagen pantomimisch darzustellen, aber mir wurde bedeutet, der Zug führe keine solche Spezialität. Man war darauf eingerichtet und gab mir übergenug von Speise und Trank, und als es vom Nachmittag in den Abend dämmerte, dämmerten wir alle zurück in jene herrliche Art von Schlaf, bei der man reglos liegt und doch fortbewegt wird durch die Lande.

Einmal in der Tiefe der Nacht habe ich mich zum Sanitärbereich des Wagens getastet, wo ich warnender Inschrift wegen zunächst mit der Frage beschäftigt blieb, ob sich die Daseinsart des Zuges als Fahren oder Halten bezeichnen lasse. Ich wurde meiner Skrupel ledig, als wandernde Schatten überm Klappfenster Bewegung anzeigten.

Stille ruhten bei meiner Rückkunft Hirten und Krieger, und ich versuchte, es ihnen gleichzutun, und hüllte mich von Zeh bis Scheitel in den staatlichen Woilach. Nur in der Rückenlage verblieb ich nicht lange, weil mir da war, als mache sich Fräulein Weigels Eigentum unnötig breit neben mir.

Es war eine Fahrt aus Anläufen gegen viele Wehen, und es war Schlaf voller Fluchten vor ungenehmen Träumen. Es war eine Nacht aus verzerrten Stunden und war doch vergängliche und vergehende Nacht. Als wir wieder einmal anruckten, nachdem wir wieder einmal gehalten hatten, befahl ich meinen Lidern, sich aufzutun, denn ein Lichterflackern war draußen gewesen, und ich brauchte den Namen der nächsten Station, um meine Welt zurück in ihre Angeln zu heben. Der Horizont bestand immer noch vorzüglich aus Schnee, aber nahe den Schienen pflügte Räumfahrzeug eine Straße. Wenn wir nicht seitlings Bogen über Gdańsk oder Łodz geschlagen hatten, mußten wir grenznah und bald auf märkischer Heide sein.

Dachte ich und dachte es nicht weiter, als ein Firmenschild von Herrn Renault am Weg erschien. Daß es dem anderen, welches ich von Warschau her kannte, sehr ähnlich sah, mochte im Wesen von Reklamezeichen liegen, doch erstaunlich fand ich die gleichartige Plazierung zwischen Fuhrweg und Schienenweg. Eine Verkaufsfinesse französischer Autohändler vielleicht oder eine von diesen kapitalistischen Marotten.

Außerdem war die Sache doch nicht bis zu täuschender Ähnlichkeit gediehen, denn, das hatte ich noch gut im Kopf, bei der Ausfahrt waren Schrift und Rhombus von rechts nach links über die Fensterscheibe gezogen, und jetzt wanderten sie genau die umgekehrte Bahn. Beziehungsweise, dachte ich, und dachte es noch in aller Ruhe, die Bahn hatte ihre Richtung gewandelt.

Als ich dies glauben mußte, brüllte ich lauthals: Nein!, und meine Schlafgenossen fuhren auf, und in ihren Blicken stand die Frage: Wer ist denn hier nun der erschrockene Hirte?

Ich bin dann mit dem Bescheid, daß wir wieder in Warschau seien, zu ihnen durchgedrungen, aber es hat sie nicht so bewegt wie mich. Man nimmt das wohl anders, wenn man von Moskau über Hoek van Holland nach Afrika will.

Ich jedoch strebte nur in die heimische Mark,

und als der Zug unweit vom Reklamezeichen ein weiteres Mal hielt, griff ich meine Bündel und sagte den freundlichen Kriegern Adieu. Ungläubig erst, doch zunehmend begeistert, erfaßten sie, daß ich zu Fuß durch den Winter wollte. Aus allen Abteilen riefen sie ihre Kameraden in den Gang, und fröhlichen Beifall bekam ich, als ich der mißvergnügten Kondukteurin mein Ticket entwand. In einer Wolke aus Schnee und Applaus bin ich in die verschüttete Landschaft gesprungen.

Die Sage geht, der Mensch durchfahre sein Leben noch einmal, wenn er an dessen letzten Punkt gelangt. Das hat sich bei mir, schon weil ich nicht im Sterben lag, anders verhalten. Aber Summen haben sich auch in meinem Kopf gebildet, als ich am Spalier der dunklen Augen vorbei durch knirschende Dünen in Richtung Warschau und Gdańsker Bahnhof schritt.

Hellsichtig machte die Helle mich, und ich sagte mir: Was jetzt noch kommt, wird nichtig sein. Denn was konnte schon noch kommen?

Die Station in schneeiger Ferne mochte ich erreichen und in meiner Spur zurück ins Europejski laufen. Womöglich fuhren Taxis inzwischen, und die Fahrer nahmen meine Währung. Meine Brigade war nicht abgereist, oder wenn, dann schlug ich mich zur Botschaft durch. Denkbar auch, es galt Wetternotstand, und Suppenküchen waren aufgefahren. Oder, weitere Möglichkeit, der Wagen von Fräulein Weigel steckte in einer Wehe, und ich, zufällig des Weges, grub ihn aus. Durfte zum Lohn an Bord und über Chausseen, die längst passierbar waren. Bekam dann auch zu essen und betreffs zerlegten Lüsters lieben Pardon. Die Lampe, andere Variante, ließe sich bei einigem Verlust dem Vorbesitzer zurückverkaufen, und dann praßten wir, bis die Natur sich mäßigte, weiter im Europäischen Hotel. Selbst an Rückflug in die Heimat war zu denken, und warum nicht auf Kredit? Zumal, wenn man das Fahrzeug als Pfand beließ. Falls wir aber doch mit dem Auto fuhren, hatten wir, Gedanken sind frei, mit den Zöllnern beider Seiten Glück. Die winkten uns samt der venezianischen Schalen durch, weil wir zernarbt aus der weißen Kälte kamen.

Das konnte alles sein und war von keiner Bedeutung. Bedeutend war nur der Augenblick am Rand von Europas schneegefüllter Mitte. Ich stand im Begriff, Legende zu werden. Fort ging ich jetzt aus ungezählten Blicken, aber später würden an afrikanischen Feuern Gesänge von mir sein. Meer aus weißem Frost hat sich geteilt, und bleicher Moses ist hindurchgegangen, einen Leuchter auf den Schultern und ein Leuchten um sich her.

Einmal, so hatte es beim Aufbruch geheißen, muß jeder über sich hinaus; ich war an dem Punkt. Über die Länge eines halbverwehten Zuges wog ich einzigartig. Söhne der Massai riefen mir in russischer Zunge, und eine Bahn, die im Kreis durch Polen gefahren war, hielt in verschneiter Lagune. Nie war ich Venedig und auch nicht Vineta näher, nie würde ich ihnen näher sein. Fortan ginge es wieder, wußte ich, durch brandenburgische Sände.

So ist es auch gekommen, und ich lebe. Manchmal summe ich das Lied vom roten Adler, und ich füge ihm schwarze Löwen und lüsterne Brigantinnen hinzu, und aus der Heide mache ich Tundra, und der Kies wird zu Schnee.

Hörte wer Fremdes den Text, er verstünde ihn nicht. Begreiflich, denn es fehlte ihm meine spezifische, meine unverwechselbare, meine märkische Art von Weltbefahrenheit.

Das Wesen des L.

Wissenschaftlich wird dies nicht sein, aber es entspricht meinen Beobachtungen: Geschiedene Frauen versuchen eine andere Haarfarbe, und geschiedene Männer kacheln ihre Küchen.

Wie gesagt, kein Lehrsatz, sondern Erfahrungssache. Besonders rätselhaft scheint es auch nicht. Wer bei ausbleichender Empörung nach den Gründen seines Scheiterns fragt, stößt zunächst auf Dinge, für die er nichts kann und die er doch halbwegs ändern könnte. Auf die Tönung der Frisur trifft das zu.

Mit den Küchen verhält es sich ähnlich einfach. Meistens ist es der Mann, der die eheliche Wohnung räumen muß. Was er statt ihrer bekommt, zählt nicht zur ersten Wahl. Zimmer mit Küche, Altbau, und jede Verschönerung ist eine sachte Verschönerung des Lebens. Ist die Welt untergegangen, sollen wenigstens Fliesen an die Wand.

In meinem Falle allerdings haben die Nachbarn den Anstoß gegeben. Ich hatte anderes im Kopf, aber sie schienen an meinen Einzug vor allem die Hoffnung zu knüpfen, das letzte kahle Badezimmer werde nun dem Standard des Hauses angeglichen. Als ich den Mietvertrag unterschrieb und auch bei ersten Gesprächen im Treppenflur fielen herbe Äußerungen über meinen Vorgänger. Besonders angelastet wurde ihm, daß er seine Wanne nicht eingefaßt hatte.

Mir war das alles zu intim, aber weil ich nicht

unfreundlich erscheinen wollte und auch nicht undankbar, denn immerhin war das eigene Bad ein Glücksfall, legte ich die Absichtserklärung nieder, Änderung zu schaffen. Bei der kommunalen Verwaltung genehmigten sie den Eingriff, die Baustoffversorgung nahm meine Bestellung an, und über kurz hatte ich die Sache fast vergessen. Auch schien es, als habe meine Konzession an den gültigen Quartiersgeschmack die Mitbewohner in ihrem Drang gedrosselt, mich in die Gemeinde zu zwingen. Nicht nur in Fragen der Wohnkultur ließen sie mich in Ruhe.

Einzig die Versicherungsfrau, die einer Datenverwirrung wegen bei mir vorsprach, kam auf den freistehenden Zuber zurück und bezifferte mir, wie sich pro verklebte Kachel der Wohnwert erhöhe, wodurch ich im Falle meines Abbrennens mit ganz anderen Auszahlungen rechnen könne.

Ich sagte ihr, daß ich mich glücklich preise, meinen Mitmenschen nicht immerfort mögliche Schadensfälle an die Wand malen zu müssen.

Sie scheinen bei der Assekuranz gute Schulungen zu haben, denn auf alle meine Einwände, ernsthaft vorgebracht oder frotzelnd, fand Frau Simoneit Antworten. Die waren so unterschiedlich wie meine Argumente, aber jede lief auf das dringende Erfordernis einer Versicherung hinaus. Gegen den Tod selber wußten sie noch nichts, doch für jegliche seiner Folgen hatten sie etwas in ihrem Katalog.

Es kam mich beinahe eine neue Art des Bedauerns darüber an, daß ich keine Familie mehr hatte, denn nach Ansicht dieser Frau konnte man seinen Lieben kaum Lieberes tun, als nach vernünftigem Abschluß zu versterben. Es war eine Sache der Konditionen, und wenn man es richtig machte, zum Beispiel sich führen ließ von Frau Simoneit bei der Wahl der Police, dann durfte man den Tod getroste fragen, wo versicherungsseitig sein Stachel sei. Versicherungsseitig, sagte Frau Simoneit, würden alle Folgen aufgefangen, und das sei schließlich das wichtigste. Zwar hatte ich Lust, ihr zu antworten, daß ich, wenn es um mein Ableben ging, die Wichtigkeiten nicht so verteilt sah, aber es kam ganz andere Lust in mir auf, und die hatte nicht mit Ableben, sondern sehr mit Leben zu tun. Die Versicherungsfrau war deutlich ausgebildet eine Frau, und ich mochte nicht glauben, daß ihre Art, meine Blicke zu erwidern, allein das Ergebnis guter Schulung sei. In solcher Lage ist es am besten, man erkundigt sich. Ich sagte: Gefalle ich Ihnen auch?

Sie sah mich freundlich an und sprach: Das könnte schon sein, aber ob Sie William gefallen werden?

So erledigte sich die Angelegenheit auf eine für alle erträgliche Weise. Ich hatte die Dame nicht verletzt, sie hatte mir nicht verletzend geantwortet, und William mochte der Teufel holen.

Dann wollen wir, sagte ich und hoffte, es klinge vieldeutig genug, vorerst alles in der Schwebe lassen.

Der Satz war gut. Er entfernte mich etwas vom Problem der Versicherungspolice und hielt mir die Versicherungsagentin Simoneit nahe genug. Nach jener Erörterung, die mit einem gewissen William abgeschlossen worden war, wäre es riskant gewesen, auf das Geschäftliche zurückzukommen. Allerdings war auch die Schwebe, die ich angeboten hatte, Mißdeutungen ausgesetzt. Aber das ist bei Gesprächen zwischen Mann und Weib sowieso die Hauptgefahr.

Als Frau Simoneit die Tasche von den freundlichen Knien nahm und sich zum Gehen anschickte, fragte ich: Nennt man das, was Sie bei der Versicherung sind, noch Agentin? Ich meine, bei den herrschenden Empfindlichkeiten im Lande.

Die haben schon dazu geführt, daß man es nicht mehr so nennt, sagte Frau Simoneit. Wir heißen Beauftragte, und es ist übrigens eine Nebentätigkeit.

Hauptberuf Hausfrau?

Hauptberuf Apothekerin, und geschieden, wenn Sie das meinen.

Ich hatte es gemeint, und es war ein Jammer. Denn hier traf ich endlich wieder eine, die es nicht ohne Text wollte und mit Kurztext auskam. Eine Apothekerin, die gut und gern im Film die schöne Apothekerin hätte geben können. Geschieden wie ich, also frei und ledig wie ich. Aber eben nicht wie ich, sondern ledig zwar, jedoch mit einem William versehen. Ein Jammer, wo ihre Halbsätze so gut an meine Halbsätze paßten.

Ich gab ihr das Geleit, und auf dem Korridor brachte sie einen Blick in Richtung Bad zuwege, der die Policendiskussion noch einmal zusammenfaßte.

Mann, sagte ich, wenn Sie in der Apotheke so gut sind wie bei dieser Nebentätigkeit!, und Frau Simoneit gab mir ihre Karte mit den Worten: Falls Sie noch einen Einfall haben!, und bei ihrer Art, die Treppe hinunterzugehen und mir auf dem Absatz zu winken, konnten mir die Einfälle gar nicht ausbleiben.

Aber ich habe eine Woche vergehen lassen, ehe ich vom Büro aus die Telefonnummer versuchte. Meine Kolleginnen waren irgendwelcher Halbgardinen mit Holländermuster wegen über die Straße, und ich brauchte ihre Ohren nicht, wenn ich mich mit der Agentin Simoneit unterhielt.

Die kam nicht an den Apparat, was ich mir hätte

denken können. Um diese Tageszeit tat man in einer Apotheke Dienst, und dort hatten sie es mit anderen Nöten zu tun und hätten Meldungen von Ungemach, bei dem es um verbrannte Strümpfe oder überlaufende Waschmaschinen ging, nur ungern ihr Ohr geliehen.

Trotz so zwingender Überlegungen ließ ich es lange läuten, denn auch Pharmazeutinnen sind einmal krank oder nehmen Haushaltstag. Während ich wartete, fragte ich mich, was zu tun sei im Falle, William schalle aus der Muschel. Ich könnte auflegen, was aber feige war. Ich könnte fragen, wann Annahmezeit für Heizplatten sei, was zwar auch feige war, aber mit Williams Antwort ein Stück von seinem Charakter freilegen würde. Wenn er einen armen Bürger, der nicht wohin wußte mit seinem defekten Kocher, anblaffte, schien er die wohlgestalte Frau Simoneit nicht wert. Wenn er sich umständlich erklärte, auch nicht, und beim einfallslosen Falsch verbunden! erst recht nicht. Jedenfalls liefe, solange er antwortete, mein Persönlichkeitsdetektor, und bei der ersten falschen Stimmbewegung war der Mann die Frau los.

Ich bestaunte die Ruchlosigkeit, mit der ich Anstalten machte, anderer Leute Schicksal zu modeln, aber andere Leute hatten auch meines gemodelt, und ruchlos war ein beschönigendes Wort.

Meinen Kolleginnen sah ich an, daß sie die Fensterbehänge nicht bekommen hatten, und sie sahen mir etwas von den grimmen Verstrickungen an, in die ich nur nicht gänzlich geraten war, weil von Frau Simoneit der William einen Hörer nicht abgenommen hatte. Vielleicht um mich aufzuheitern, sagten sie, die Holländergardinen wären bestimmt gut für meine neue Wohnung gewesen. Ich war gespannt, wie lange nach dem Umzug sie noch von neuer Wohnung sprechen würden, und antwortete düster: Ginge es nach dem, was es nicht gibt, wüßte ich eine Menge für meine Küche.

Der Spruch hielt uns länger davon ab, unseren Buchhalterpflichten nachzugehen. Ich hatte gemeint, die Frauen in meiner Brigade seien auf vollkommene Weise mit Herden und Borden und Spülen und Mühlen ausgestattet, doch wie man sie jetzt hörte, verfügten sie über kaum mehr als offene Feuerstellen und ein paar selbstgeschnitzte Schöpfkellen. Gesprächsweise sind sie nun aber in den Besitz reichversehener Sott-und-Siede-Anstalten gelangt oder doch wenigstens zu einer Küche mit Küchentisch und Küchenstuhl und Küchenfenster und Küchengardinen. Einig waren sie sich in der Ablehnung von Durchreichen und in der Anerkennung niederländischer Motive als unentbehrlicher Elemente der Gemütlichkeit.

Womit die Rede bei meinen Kacheln war und ein weiteres Mal bei der Frage, warum ich nicht Holländermuster geordert hatte. Einem Gerücht nach sollte es Windmühlen und Holzschuhe und Schlittschuhläufer blau auf weiß jetzt auch auf Boizenburger Fliesen geben, und Kollegin Jäger wußte von einem Künstler bei Löwenberg in der Mark, der solche Schmuckkeramik auf Bestellung anfertige.

Ich sagte, es sei immer mein Traum gewesen, in der Badewanne zu sitzen und Wände zu betrachten, die sich von den Kosten her ausnähmen, als hingen alte Niederländer daran. Ich müsse jedoch der Prämiensätze wegen die Sache mit meiner Versicherungsberaterin erörtern. Denn seit sich Diebsbanden nicht mehr genierten, auch ins sozialistische Lager einzusteigen, dürfe man auf deftige Assekuranzkosten gefaßt sein, und wenn ich der Heimkunst zuliebe zwar bereit sei, das letzte Tafelsilber zu verpfänden und mit meinen Windspielen bei der Fabrik für Mockturtlesuppen vorstellig zu werden ...

Ellen Jäger hieb auf die betagte Buchungsmaschine ein, Helga Woltermann ließ ihre Kaffeemühle kreischen, und Fräulein Weigel war mit einem Liede ähnlich zu vernehmen. Die Kolleginnen hatten Übung, wenn es darum ging, mich nicht zu ausführlich werden zu lassen. Mir war das recht in diesem Falle, denn wortlos wohl, aber umso ausführlicher konnte ich mich mit der Assekuranzgehilfin Simoneit befassen. Ihren William dachte ich einfach beiseite, und dann dachte ich mich an ihre Seite, und das war ein wärmender Platz.

Nichts schien natürlicher als ein Anruf noch am gleichen Abend. Weil Gott auch älteren Liebenden manchmal beisteht, ließ er mich eine unbesetzte Zelle mit einem unverstopften Münzschlitz finden, und ich hatte passendes Kleingeld dabei, und Frau Simoneit war zu Hause. Sie meldete sich mit der freundlichen Gefaßtheit von Menschen, die ständig mit Betroffenen verkehren. Tagsüber immer nur Rezepte voller Leidensmeldungen und abends Sachschäden aller Art, mir hätte das längst das Gemüt verledert, aber nicht so dieser Frau Simoneit.

Sie hatte, dachte ich, während ich fragte, ob sie bei nächster Kliententour bei mir klingeln könne, wenigstens in einem Punkt Glück mit dem Mann gehabt, von dem sie jetzt geschieden war. Sie war zu einem Namen gekommen, aus dem sich etwas machen ließ, wenn man die Stimme dazu besaß. Frau Simoneit verfügte über eine solche Stimme, und mit der gab sie die Auskunft, am besten passe es ihr gleich.

Ich glaube, in meiner Begeisterung bin ich aus

der Telefonzelle gestürzt, ohne in den Rückgabeschacht nach vergessenen Münzen zu sehen.

Sie kam gegen Ende der Nachrichten, und während ich zum Fernseher ging, um ihn mit Bedeutung auszuschalten, sagte ich zu ihr: Es handelt sich um keine Versicherungsfrage, es handelt sich um einen Annäherungsversuch.

Sehr gut, sagte sie. Und weiter?

Von hier an bin ich unvorbereitet, sprach ich und sprach die Wahrheit.

Wir könnten auf die Kacheln zurückkommen, sagte Frau Simoneit, und ich antwortete: Das können wir immer noch.

Ich überlegte, ob ich ihr die Theorie vom Verhalten geschiedener Leute unterbreiten sollte, aber im dunklen Haar dann von Lena Simoneit dachte ich nur noch praxisbezogen. Für feinere Geistigkeit war nicht die Zeit, und wie kam ich dazu, die Rede auf andere Kerle zu bringen? Weder gehabte Simoneits noch amtierende Williams waren jetzt dran. Jetzt war Farßmann dran. Der Name klang zwar wie ein Knurren mit eingeschobenem scharfen s und klingelte nicht wie i, o, ei und wieherte nicht wie i, i, a, aber der Name war jetzt dran und schrieb sich mit schärfstem s und eingeschobenem Knurren.

Ein Heikelpunkt solcher Begegnungen liegt nach meiner Ansicht dort, wo alle Bewegungen, wie Puls, Atem und so weiter, auf ihre Ausgangsfrequenz zurückgehen. Ich weiß jedenfalls von einer ansonsten schönen Dame, mit der sich dann nichts weiter zutrug, weil sie, Mund an meinem Ohr und lieben Tones, den Wunsch vorbrachte, eines nächsten Males möge ich aber bei glatteren Wangen sein.

Ich werde gelegentlich ähnlich kappende Sprüche geliefert haben, doch ist mir deren Wortlaut, was ich mir nicht verarge, entfallen. Dafür weiß ich umso genauer, wie sich die Versicherungsbeauftragte und Apothekerin Lena Simoneit verlautbart hat. Sie stand auf und streckte sich, daß es ein Anblick war, und als sie Richtung ungekacheltes Bad davonschritt, sagte sie: Daran kann es nicht gelegen haben.

Ich habe über dieses bedeutende Wort sehr gegrübelt und habe mich gehütet, ihm nachzufragen. Es lebte sich gut mit dem, was es besagen konnte.

Lena Simoneit kehrte wieder und erklärte: Wenn, dann sollen sie dir gleich eine neue Wanne geben.

Jetzt, wo die Spur von deinem Tritt darinnen ruht? sagte ich und bekam einen Apothekerblick.

Sie zog sich rasch an, und es schien sie nicht zu stören, daß ich sie mit Anteilnahme betrachtete. Ich sah auch nicht, warum es sie hätte stören sollen.

Nein, sagte sie, ich kann nicht bleiben. Ich habe noch zu tun, und das Vieh ist auch nicht gern allein.

Ich war wenig für William eingenommen, aber ich mochte nicht, daß man so von ihm sprach. Entweder war einer ein Vieh, dann lebte man nicht mit ihm, oder man dachte nicht so von einem, mit dem man lebte.

Ich wiederholte das Wort und versah es mit einer ganzen Reihe mißbilligender Fragezeichen.

Lena Simoneits Lächeln kam von der Waage, mit der sie die Pülverchen bemessen. Es ist ein Leguan, sagte sie.

Während meine Reaktionszeit verstrich, kramte sie nach ihren Autoschlüsseln, und als sie die gefunden hatte, fragte ich: So ein Tatzelwurm?

Du scheinst Leguane nicht zu mögen.

Ich mag keine Tatzelwürmer.

Wird auch nicht verlangt, sagte sie und ging mit ihrem kleinen Winken davon.

Das Leben ist eine Sache mit Haken, dachte ich wieder einmal und fragte mich wieder einmal, ob es wohl Lebensteile gänzlich ohne alle Häkchen gebe. Je mehr mir Zeit verstrich, umso weniger glaubte ich das noch. Eben hatte man es auf natürlichste Weise mit der natürlichsten Person der Weltgeschichte zu tun gehabt, einer völlig unverzickten Apothekerin mit Nebenlinie ins Versicherungswesen, und nun hielt die Tatzelwürmer. Auf Katzen und Hunde war man eingerichtet, und Meerkatzen wie Seehunde hätte man hingenommen, aber Leguane.

Ich war mir gewiß, daß ich keine Leguane mochte, wenngleich ich darüber hinaus wenig von ihnen wußte. Ich hatte Wichtigeres zu speichern als die Erscheinungsbilder von abwegigem Viehzeug, aber mir war so, als handle es sich um eine Art Schrumpfdrachen oder eine großgeratene Raupe mit Kammrücken und Dackelbeinen. Um ein Wesen jedenfalls, das zwischen Farne und Schachtelhalme gehörte, nicht aber in die Wohnung einer aufgeschlossenen Apothekerin.

Seltsam genug, erboste mich der vorhandene Molch viel mehr, als es der vermutete Mann getan hatte. Diesen hätte ich zwar aus dem Fenster kippen können, doch jener machte mir eine Gänsehaut. Kann sein, daß es nicht gescheit ist, aber meine Bereitschaft, anderen Kreaturen neben mir Platz zu machen, weil wir alle Gottes Geschöpfe sind, endet ungefähr bei Schildkröten, und über solche ohne Schild lasse ich nicht mit mir reden. Den Vorwurf, ich sei intolerant, nehme ich nicht an, denn schließlich stelle ich Kaulquappen wie Alligatoren frei, nun umgekehrt mich nicht zu mögen.

Weil mir ahnte, daß Frau Simoneit meine Weitherzigkeit nicht als solche gelten lassen würde, nahm ich mir vor, das Reptil nicht allzu bald mit ihr zu erörtern. Wer Leguane hält, weiß etwas zu deren Verteidigung, und ich wollte nicht hören, wie Lena Simoneit von Williams weißem Unterbauch ins Schwärmen käme.

Mit Unmut gewahrte ich, daß ich an der Person, mit der ich gerade köstlich gelegen hatte, schon etwas auszusetzen wußte. Und einleuchtend fand ich mich nicht dabei. Was war der Frau denn vorzuwerfen? Solange sie das glitschige Monster nicht an der Leine führte oder mir Bilder von ihm aus der Handtasche kramte, durfte ich mich nicht beklagen, und dafür, daß alle Häßlichkeit ausgeglichen war, wenn man Lena Simoneit in die Rechnung tat, sollte ich dankbar sein.

Und bedacht sein sollte ich. Denn dieser Apothekerin war anzumerken, daß sie Vorurteile für Abformen von Krankheit hielt. Da schien es angezeigt, genaueste Information über die Naturerscheinung Leguan einzuholen, und weil es erst später Abend war, ging ich ein weiteres Mal zum Münzfernsprecher und rief den Vetter an, der Brehms Thierleben besitzt und immer einen guten Tag hat, wenn sich in den vermischten Anzeigen eine fand, mit der jemand nach diesem Kompendium verlangte.

Er schien Besuch zu haben, denn er schlug mir vor, ein anderes Mal doch gleich gegen vier in der Frühe zu läuten, und er führte sich auf, als sei es wer weiß wie besonders, wenn einer gegen Mitternacht Vorlesung aus dem Illustrirten Thierleben erbittet.

Weil der Vetter aber gelegentlich in meinem Brockhaus nach Artikeln blättert, die er mich nicht sehen läßt, suchte er das Nötige heraus und teilte mir und seinem anderen Publikum mit, es stehe im fünften Band, in dem ausschließlich von Kriechtieren und Schuppenechsen gehandelt werde.

Allein die Bezeichnungen waren geeignet, mir eine Flechte wachsen zu lassen, aber ich zwang mich, sorgfältig mitzuschreiben, was mein Vetter und Herr Alfred Brehm über den Leguan, Iguana-Hypsipholus-tuboculata zu berichten wußten.

Nein, von Vorurteilen konnte nicht die Rede sein. Was über jene Wesen zu Buche stand, von denen eines auf den Namen William hörte, übertraf alle glibberigen Gesichte, die ich von ihnen hatte.

Nicht nur der zerkratzten Sprechverbindung wegen, sondern auch, weil ein Wort, das man ausspricht, von seinen Schrecken verliert, wiederholte ich die unglaublichen Angaben, bevor ich sie zu Papier brachte. Ich notierte einen vierseitigen Kopf, der hinten höckerig und an seiner Vorderseite mit einem hängenden und stachelkammbesetzten Kehlsack ausgestattet ist. Ich protokollierte Schenkeldrüsen, ein freiliegendes Trommelfell sowie mehrere Kinnladen, und ich vermerkte auch die Auskunft der Zoologen, das Wesen des L. habe wenig Anziehendes, und viel Verstand scheine er nicht zu besitzen, wohl aber Bosheit und Tücke. Um die Biester zu fangen, hieß es dann weiter im Bericht von Vetter und Forscher, nähere man sich ihnen pfeifend, was die Iguanae tuboculatae veranlasse, erfreut die vierseitigen Köpfe aus Baum und Strauch zu heben.

Hierzu, las mir mein Vetter vor, hatte der Wissenschaftler Brehm bemerkt, es handle sich offenbar um alberne Geschöpfe, und das schrieb ich mir ebenso auf wie den verwirrenden Befund, schon bei geringer Abnahme von Wärme werde dieses Viehzeug traurig. Der Verfasser vom Illustrirten

Thierleben schloß seine Notizen zum Leguan mit dem kühlen Satz: „Diejenigen, welche ich beobachten konnte, haben mich nicht angezogen."

Das wäre ja auch noch schöner!, rief ich meinem Vetter am anderen Ende der Leitung zu, und ein Mann, der auf der anderen Seite der Scheibe wartete und wohl auch ein wenig lauschte, fuhr erschrocken zurück, als ich mit erhobener Stimme Kernworte der Brehmschen Schilderung repetierte: Hinterkopf höckerig, Wamme nur mäßig groß, vielfach wechselnde Gesamtfärbung des seitlich zusammengedrückten Leibes.

Den möchte ich sehen, rief ich im hallenden Gehäuse, der sich angezogen fühlte von einer Schuppenechse mit Kehlsack und mehrfachen Kinnladen!, und als ich nichts mehr vom Vetter hörte, nahm ich an, er sei, ähnlich dem Lauscher hinter der Zellenwand, entsetzt vom Telefon gewichen.

Ich gab meines dem Wartenden frei, und wenn ich im trüben Lichte richtig sah, ist mein Nachfolger sehr vorsichtig in das Häuschen getreten. Wahrscheinlich fürchtete er, es stinke nach Echsenmaul und dem Sekret warzenähnlicher Schenkeldrüsen.

Auf dem Rückweg durch den späten Schummer vom Prenzlauer Berg fragte ich mich, warum ich Frau Lena Simoneit keinen Nachtgruß durchgesagt hatte. Die saß gewiß noch an ihren Policen und hätte mich vielleicht gebeten, ihr dabei über die zärtliche Schulter zu sehen.

Dies denken und wissen, warum ich nicht angerufen hatte, war eins. William Tuboculata stand zwischen uns. Zwar hatte Alfred Brehm geschrieben, diese Horrorschnecken hockten stundenlang auf einer und derselben Stelle und bekundeten die größte Gleichgültigkeit gegen ihre Umgebung, aber womöglich, so mein Gedanke, taten sie auch nur so. Immerhin waren sie im gleichen Artikel als ungemein tückisch gekennzeichnet worden.

Nein, um mein Leben würde ich weder Kammer noch Grotte mit einem Leguan teilen wollen. Da mochte die Apothekerin so beschaffen sein, wie sie es war. Ich war beschaffen auf meine Art und kam mit Wesenssorten nicht zurecht, die über freiliegende Trommelfelle verfügen.

Von ähnlichem träumte mir in entsprechendem Schlaf, und bei nächster Gelegenheit besprach ich mich mit Lena und sagte ihr unumwunden, warum mit meinem Gegenbesuch in ihrem Hause nicht zu rechnen sei. Da die Gelegenheit ansonsten nicht ohne Freundlichkeiten gewesen war, nahm sie es milde auf. Ich hätte, sagte sie, wie jeder Mensch ein Recht auf meine Defekte, und ihr machten die Visiten bei mir nichts aus. Letztlich lasse sich mit mir umgehen, und da mit dem Ende des barbarischen Badezimmerzustandes täglich gerechnet werden dürfe, sei es auch sonst bei mir erträglich.

Man hat schon feuriger zu mir gesprochen, aber immerhin wäre flammende Williamsverteidigung denkbar gewesen oder eine lodernde Brandmarkung meiner humanchauvinistischen Beschränktheit. So war ich mit Glimpf davongekommen und erhielt sogar noch Bericht, wie Frau Simoneit an den widrigen Kleinsaurier geraten war. Herr Simoneit hatte ihn dagelassen, als sich die Wege trennten und man die Habe teilte. Das arme Ding, hatte Herr Simoneit gesagt, sei mehr als er mit der Wohnung verwachsen, und außerdem mochte die neue Frau keine Kriechtiere.

Natürlich unterblieb die Anmerkung nicht, die neue Frau wäre sicher auch etwas für mich gewesen, aber genauer registrierte ich, daß der befremdliche Besitz eine Scheidungsfolge und keine Neigungssache war. Ich hütete mich, es auszusprechen, doch umso schärfer dachte ich: Wenn William derart an seiner Heimstatt hängt, muß man eben Lena von ihr trennen, und ich entwarf für unser beider Wohnungen Tauschannoncen, in denen von Vollkomf. einschl. Leguan sowie von meinem frischgekachelten Bad geschrieben stand.

Wie mir meines Lebens künftiger Zuschnitt sichtbar wurde, gefiel es mir: Lena und ich und Boizenburger Fliesen und keine Echse weit und breit. Da war selbst möglich, dachte ich und empfand mich als aufgeklärt, ich ließe mich gelegentlich einer Eheschließung anders verurkunden und tauschte knurrenden Farßmann gegen klingelnden Simoneit ein.

Ich stellte mir den neuen Namen vor fürs Büro und spielte manchmal mit ihm, und in zwei Fällen habe ich mich, als ich allein in der Buchhaltung war, auch mit ihm gemeldet. Öfter jedoch nicht, denn bereits beim zweiten Male war es Lena, die angerufen hatte. Kaum war mir das Simoneit von den Lippen, antwortete sie mit der Automatik einer prägenden Ehe: Hier ebenso!, und ich denke, ein Alfred Brehm hätte bei meinen Versuchen, da wieder heil herauszukommen, einen seitlich zusammengedrückten Leib an mir bemerkt, und meine vielfach wechselnde Gesamtfärbung wäre ihm schwerlich entgangen.

Da hielt ich feste fest an meinem alten Namen, doch auch die neuen Bräuche gewannen Halt. Lena sah auf den Heimwegen von Apotheke oder Versicherungskunden nach mir, und am Ende erfreulicher Weile fuhr sie in ihre Wohnung und zu William. Wie sie dort lebte, wußte ich aus ihren Beschreibungen, und mit Beschreibungen des Wesens, das bei ihr hauste, verschonte sie mich. Aber hier und da und zunehmend öfter sprach sie von Trennung und meinte das Tier und nicht mich.

Ich hielt es für klug, mich nicht einmal mit Antwort einzumischen, und ab und an hörte ich von den Versuchen, einen Iguana-Hypsipholus-tuboculata loszuwerden. Anzeigen blieben ohne Echo; man wollte William weder gekauft noch geschenkt, und ich verstand das sehr. Die Nachbarn verstand ich auch, denn alle, bis auf eine ältere Frau, hatten sich bedankt. Die ältere Frau kam nicht in Frage, weil sie bei gedrosselten Heizkörpern lebte. Kälte aber, hatte auch ich vom Forscher Brehm gelernt, macht den Leguan traurig, und traurig würde William nach Trennung ohnehin schon sein.

Blieb der Tierpark, aber der hatte William mit der Begründung abgewiesen, die Iguana-Stelle sei besetzt. Einmal fiel mir mein Büroscherz von den Windspielen und der Mockturtlefabrik ein, doch obwohl ich das Vieh in Lenas Wohnung von seiner Substanz her für geeignet hielt, in einschlägigen Suppen das Kriechtier darzustellen, verbiß ich mir jeglichen Hinweis.

Die Dinge gediehen ungut. Zwar litt unser gegenseitiges Wohlgefallen nicht, aber es gab da Auslassungen, und der Gast im Hause Simoneit wurde nicht einmal mehr erwähnt zwischen uns. Dafür geschah eines späten Abends, daß mir die Füße meines immer noch unverkleideten Badezubers vorkamen, als stünden sie bei Alfred Brehm vermerkt, Band 5, Hypsipholus-tuboculata.

Unter solchen Zeichen reift Gewalttat heran, und die örtliche Baustoffversorgung muß eine Ahnung von drohender Gefahr angeweht haben, denn sie ließ mich wissen, die Fliesen kämen nun. Sie hatten es sich nur etwas hastig überlegt, oder die Post war ohne die sonst übliche Hast befördert worden. Der Bescheid lag in meinem Kasten, als wir den Vorabend der Lieferung schrieben. So pointiert das Datum gesetzt war, so vage nahmen sich weitere Zeitangaben aus. Konnte sein, die Fuhre kam kurz nach dem Morgenblatt oder erst, wenn die Hortkinder heimwärts kehrten. Einzig fest stand nur, daß man mich innerhalb dieser Spanne auf Posten erwartete. Oder doch wen mit Schlüsselgewalt über meine Wohnung.

Zum ersten Male gereute es mich, die nachbarlichen Beziehungen auf Grußwort und Wetterbenotung beschränkt zu haben, und schuldbewußt fiel ich mir als einer ein, der Zeitungsseiten, auf denen von Hausgemeinschaft geschrieben steht, flüchtiger als andere Nachrichten unter die Augen nimmt.

Lena Simoneit wäre als Frachtannehmerin in Frage gekommen, zumal sie sehnlicher als ich auf den Wannenschmuck gewartet hatte, beim Vergleich jedoch zwischen Apothekendienst und Buchhaltung war ich als abkömmlicher einzustufen. Es muß auch Leute geben, die einem mittleren Betrieb für Organisationsbedarf die Konten führen, und ich tue das nicht ohne das nötige Bewußtsein, aber jemand, der Doktorschrift lesen kann und Giftprüfungen bestanden hat, darf nicht an Speditionsfragen vergeudet werden.

Von dieser hochherzigen Entscheidung und vor allem vom jäh heranrollenden Stückgut galt es Frau Simoneit Mitteilung zu machen, und ich ging zu meiner Zelle mit dem verläßlichen Telefon. Lena freute sich und bedauerte mich, weil ich erst warten und dann schleppen müsse, und sie versprach, wenn es irgend ginge, vorbeizukommen. Den Anruf in meinem Betrieb wollte sie übernehmen, und mit Bestimmtheit wußte sie, die Lieferfahrer würden mir die Fuhre vor die Haustür kippen.

Du meinst, Wohnungstür.

Nein, Haustür. Es steht so in den Bedingungen, und wir hatten erst neulich einen Schadensfall.

Versicherung oder Apotheke?

In gewisser Weise beides. Kreislauf, und eine Kiste hat das Treppenhaus demoliert.

Aussichten, sagte ich, aber vielleicht hilft Zureden. Weißt du, wie hoch die Leute vom Handelstransport ihre Arbeitskraft veranschlagen?

Zu hoch für dich, sagte Lena Simoneit, die sich in allen meinen Verhältnissen auskennt.

Ich ermahnte sie, daran hinkünftig stets zu denken, wenn sie ihren Leib inmitten meines Marmors spüle.

Sie versprach das eine wie das andere, und wir waren dabei, die Verabschiedung einzuleiten, als ich sie wie einen flüchtigen Nachgedanken sprechen hörte: William ist tot.

Jesus! rief ich, und weil ich es nicht wußte, wie man sich anläßlich des Ablebens eines Leguans zu äußern hat, schützte ich den Aufmarsch einer längeren Schlange vor und hängte schleunigst den Hörer an den Haken.

Es kostete Anstrengung, mich gegen schauerliche Bilder und ebenso schauerliche Gerüche zu versperren, und nicht rechtzeitig konnte ich mir in den Gedanken fallen, kalter Leguan sei mindestens so unangenehm wie warmer. Ich erlaubte mir ein weiteres Bier und kam dann irgendwann zu Schlaf und Traum.

Beim Frühstück hoffte ich immer noch, Lena habe sich hinsichtlich der Lieferbedingungen vertan, oder sie seien inzwischen geändert worden. Ich wohne drei Treppen, und Kacheln sind am Ende auch nur Steine. Als wäre es mit einer eitlen Hoffnung nicht genug, leistete ich mir die andere dazu, ich könnte die erste Station auf der Wagenroute werden.

Ich war der erste nicht, sondern, soweit die Laune der Kollegen einen Anhalt bot, vielleicht der elfte. Gegen Mittag holte mich ein Werktätiger, der in schmucken Finkenwerder Drillich gekleidet war, aus der Wohnung auf die tiefgelegene Straße, hieß mich Papiere mit unbekanntem Text signieren und hatte kein Ohr für meine Frage, welcher Betrag die Verhandlungsbasis sei.

Sie haben die Pakete nicht gerade vom Wagen geschaufelt, aber viel steiler konnte die Kurve nicht sein, in der meine Fliesen vor der Haustür landeten, und wie der Stapel wuchs, sah ich wieder einmal, daß zu meiner beschränkten Wohnung ein erstaunlich weitläufiges Badezimmer gehört.

Die Wandbekleidung kam in handlichen Schachteln, und in kleine Kisten war verpackt, was ich als Fußboden auszulegen gedachte. Probehalber faßte ich eines der holzverkleideten Kollis an, und Kreislaufunterbruch wie Treppenhaustrümmer aus Lenas Erzählung waren mir sogleich vorstellbarer. Und mit dem Format der Behälter brachte sich andere Last in Erinnerung. Wie dringlich ich auch dem Gedanken riet, sich sofort aus meinem Kopf zu scheren, er blieb und fragte, ob sich mit den Fliesenbrettern ein kürzlich entschlafenes Kriechtier versargen lasse.

Da war mir recht, daß sich die Herren in den Fischerhemden beeilt wie nach Bankraub davonmachten. Sogar der Regen war mir recht, der in großen Tropfen auf Dieselwolke und heiße Reifenspuren und die Sendung aus Boizenburg zu fallen begann. Alles hieß ich willkommen, was sich zwischen mich und die Bilder vom abgelebten Thiere warf. Aber einmal rempelte sich doch die Erkundigung zu mir durch, ob auch verblichenen Echsen der Unterkiefer am Oberkiefer festgebunden werde, und wie sich das bei der Vielheit von

Kinnladen bewerkstellige, zumal doch sicher der hängende Kehlsack mit Stachelkamm am Vordertheile desselben hinderlich im Wege sei.

Ich stürzte mich von mir selber fort, griff zwei Pakete Keramik und stürmte die Treppen hinauf an meine Wohnungstür. Als ich bei verkürztem Atem die Stiege wieder hinunterging, beschloß ich, mich auf künftigen Wegen mit jeweils einem Packen zu bescheiden.

Am Haustor hatten sich trotz des schlechten Wetters teilnahmsvolle Passanten eingefunden. Sie warfen Augen auf meinen Baustoff, und ich fragte mich, ob ich ihnen nicht sagen müsse, es handle sich nicht um herrenloses Gut, das der letzte Orkan an den Strand vorm Prenzlauer Berg geworfen hatte. Ich wies mich mit einigen ordnendcn Griffen als Besitzer des Kachelmassivs aus und schien nun Anspruch auf Beratung zu haben.

Besser sei es, riefen sie mir von ihrer Mole unterm schützenden Torbogen zu, vor allem anderen das Pappverpackte zu bergen, denn der Regen werde dauern. Von welcher Farbe das Steingut war, wollte man wissen, und als ich wahrheitsgemäß Reseda gemeldet hatte, sagte einer übelnehmerisch, reseda Kacheln seien im Kietz nicht üblich. Oder etwa? fragte er seine Kumpane, und die erwiderten im Chor: Nicht in dieser Drehe! In dieser Drehe, erfuhr ich, sei vor allem Lindgrün anzutreffen, wie das Grüne generell, Reseda ausgenommen, bei den am Ort vorkommenden Bädermineralien überwiege. Sehr dunkles Blattgrün wie sehr lichtes Lindgrün werde gefunden, und selbst Tschitscheringrün sei nicht so selten.

Es wird sich wie mit dem Leguane verhalten, rief ich zurück, von dem uns Alfred Brehm berichtet, daß er bei vielfachem Wechsel seiner Gesamtfärbung auf einen Mittelwert von schönem Blattgrün kommt.

Entweder weil ich ein Abweichler ins Resedane war, oder weil sie der meisten Menschen Widerwillen gegen unverständliche Reden teilten, nahmen die Leute im Torweg nun eine andere Haltung zu mir ein und bekrittelten die Mengen, die ich transportierte. Als er in meinen Jahren gewesen sei, berichtete der Chorführer, habe er drei bis vier dieser Plattenpäckchen vor seinem Bauch getragen und sich dabei noch eins gepfiffen. Und damals, fügte er hinzu, als mache das auch in Gewicht einen Ausschlag, hatten sie noch Holländermuster.

Ja, in Tschitscheringrün! sagte ich und schulterte mein Päckchen. Es machte mich nicht beliebter, doch hatte ich ohnehin keine Hilfe zu erwarten. Zwar würden sie einander, während ich mich hinauf in meine Höhe mühte, die Hucken vollügen von dem, was sich sonst noch alles vor ihren Bäuchen zugetragen hatte, aber sie waren nur noch mit dem Maule stark, und ich hatte gar nicht erst versucht, unter ihnen Serpas für den Aufstieg anzuwerben.

Also wieder allein empor zum Nanga Parbat und wieder einmal allein mit dem Rätsel, was um Himmels Willen manche Menschen zu Fuß in meilenhohes Gebirge treibt.

Gegen besseres Wissen hielt ich für möglich, daß sich meine Kachelpacken wie Schwämme benahmen und dem Regen Quartier in ihren Ritzen boten. Anders war unbegreiflich, wie rasch das Gepäck sein Gewicht vermehrte. Immer früher geriet ich an den Punkt, hinter dem sich jeder Stufe eines der Jahre addierte, die ich über zwanzig war.

Ich taugte nicht zum Reinhold Messner, und der

Große Watzmann wie der Große Farßmann konnten mir gestohlen bleiben. Ich war ein Mensch der Ebene, und als solcher begann ich mich zu fragen, wieso ich eigentlich meine Waschanstalt in ein römisches Bad verwandeln mußte. Ich könnte doch, dachte ich, nun auch schon beim Abstieg lahmend, den alten Grünen da unten die Fuhre schenken, Bedingung nur: Ein jeder trage sein Päckchen auf morscher Schulter nach Haus.

Meine Bereitschaft jedoch, ein Gönner zu sein, legte sich, als mich am Tor der Chorsprecher mit der Erkundigung empfing, ob die Wohnungsverwaltung von den Fußbodenkacheln wisse. Meine Antwort, so differenziert sei meine Meldung nicht abgefaßt gewesen, wurde mit allen Zeichen des Hohnes aufgenommen. Der Anführer teilte seinen Mannen mit, ich sei von denen einer, welche von Statik keine Ahnung haben. Wenn aber demnächst der Prenzlauer Berg ins Rutschen käme, sollte man sich meiner reseda Kacheln und der illegalen Befliesung erinnern.

Ich suchte nach einem Kraftwort, mit dem man diese Veteranen noch treffen konnte, und in meiner nur unwesentlich abgetragenen Plattenhalde suchte ich nach einem leichteren Päckchen, das ich mit gefährlichem Schwung hätte schultern können, aber von beiden fand ich nichts und sparte meine Luft für die Treppen. Auf deren erstem Absatz holte mich Lena ein.

Weiter so, sagte sie, und du kannst statt deiner Badefliesen die Kacheln im Schauhaus besehen.

Weil ich mich ungern derart eingestuft sah, kratzte ich allen Atem zusammen und fragte möglichst nebenhin: Woran ist er eigentlich gestorben, und was machst du nun mit ihm?

Hab schon gemacht, sagte sie, aber was ihm fehlte, weiß ich nicht. Er ist so weggekümmert. Ich muß zur Apotheke und komme, sobald es geht. Übernimm dich nicht.

Ihr kleines Winken, und sie ging, und wie ich mich wieder unter den Felsen schob, pfiff die Erkundigung aus mir heraus: Und was hast du mit ihm gemacht?

Sie sah sich im Treppenhaus nach Lauschern um und kam einige Stufen zurück, ehe sie antwortete: Ja, was macht man mit einem toten Leguan? Manches entfällt, weil es sich nicht gehört. Müllschlukker etwa, selbst wenn wir einen hätten. Oder mit der Schaufel ins Grüne? Erzähle du dem Förster, du kommst aus seinem Wald und hast einen William beerdigt.

Also?

Also Feuerbestattung.

Du hast ein Feuer gemacht? Wo? Auf dem Balkon?

Ich habe keines gemacht, ich habe eines benutzt. Im Keller vom Nebenhaus die Heizung.

Und da bist du hin, mit ihm unterm Arm?

Zuerst hatte ich ihn in Zeitungen, und dann versuchte ich eine Plasttüte, aber das schien sich alles nicht zu schicken. Ich habe den alten Leinenbeutel genommen, auch für den Fall, es trifft mich ein Nachbar. Nebenan steht die Sammeltonne fürs hartgewordene Brot.

Umsichtig! sagte ich, und fragte, als sei es von irgendeinem Belange: Den Schrippensack hast du mit verbrannt? Den mit der eingestickten Windmühle?

Ja, warum? Wolltest du ihn noch?

Nein, danke, sagte ich, und Lena Simoneit mußte nun wirklich gehen.

Ein weiteres Mal ihr kleines Winken und ich ein weiteres Mal allein den steilen Hang hinauf. Doch mein Ächzen jetzt kam nicht bloß aus dem Widerstreit von Höhe und Gewicht, und ich seufzte nicht nur, weil ich von meinen Grenzen als Mittler zwischen ihnen wußte. Zu der Last, die es gegen die Schwere zu heben galt, war andere Belastung gekommen und war nicht weniger atemraubend.

Erleichtert hätte ich sein sollen, weil der Lindwurm mir nicht länger Zutritt versperrte, doch schlich ich bedrückter als zuvor hinunter an den verbliebenen Tafelberg. Auch die Müßiggänger waren verblieben, aber ich hörte kaum auf das, was sie schwatzten. Ich hörte einzig auf die Geschichte von Lena und dem Leguan und fand sie nicht halb so schön wie die von Leda und dem Schwan. Es war eine Erzählung, der allmählich ein Kammrükken wuchs, und zu meinem Entsetzen wälzte sich der Verdacht gegen das Tier seiner Tücke wegen langsam hinüber zur Agentin Simoneit.

Ich rief mich zur Ordnung und wandte mich entschieden gegen das wüste Grübeln. Demütig nahm ich den Schmerzruck hin, den die geschulterten Pfunde in mir machten, und Stufe um Stufe erteilte ich mir die Strafe, welche auf übles Nachdenken steht.

Nicht anders hatte ich es verdient, und gerecht war zu nennen, daß Gewalt mir allen Saft aus allem Knorpel preßte und mir an sämtlichen Stellen, die zum Biegen gemeint sind, mit Brechen drohte. Und selbst, daß in meiner dunklen Brust welche mit Hämmern auf mich schlugen, war nur gerecht.

So büßt man Infamie des Gedankens und ändert am Gedanken doch nichts. Es war eine vielgeteilte Überlegung, die mich plagte. Wie eine Rotte kam sie daher, zingelte mich ein und züngelte mich an. Im Plural der Drachenköpfe spie sie giftige Fragen, und weil ich, ohne Luft, wie ich war, nehmen mußte, was ich kriegte, schluckte ich ihren faulen Atem.

Es war einmal ein Leguan, und wenn er nicht gestorben wär, dann lebte er noch heute. Lebte er noch, wäre er noch im Wege. Nun ist er aus dem Wege. Weggekümmert ist er, weggekümmert soll er sein, und ob es wegen allzu vieler Kälte war? Könnte ihm wer hinübergeholfen haben durch Zuteilung unbekömmlicher Frischluft? Traurig macht es den Leguan, wenn es ihn friert, doch in welchem Grade? Ist die Trauer abgrundtief und bodenlos, und heißet der Abgrund mit anderem Namen Tod?

Die Doppellast aus Steingut und Gedankengut war mehr, als ich tragen konnte, und ich setzte mich auf die immerhin schon zur Bank gewachsene Auslegware vor meiner Tür und wehrte mich des räudigen Rudels mit genauen Tritten. Lächerlichste Vorstellung: Frau Simoneit reißt des Morgens die Fenster auf, damit sich William zu Tode gräme. Als ob eine Person von diesem Bildungsgrad nicht über andere Lösungsmittel verfügte. Eine Versicherungsagentin. Eine Apothekerin. Eine, die weiß, wie man Unerlaubtes fädelt und Unverträgliches mischt, und nie verließe sich eine solche, wo sie letalen Ausgang erhoffte, auf eine Überdosis von kühlem Wind.

So kräftiger Ideengang riß mich fort mit seinem Schwung, und ich fragte mich scharf und prompt, ob ich etwa meine, es sei ein schlecht bekömmliches Pulver im Spiel. Warum, fuhr ich mich an, erforschte ich nicht gleich, wie hoch und zu wessen Gunsten der hingeewigte William L. versichert war?

Lag aber eine Police nicht vor, hatte es kein Motiv gegeben, dem blattgrünen Kriechtier aus der Welt zu helfen. Denn was, auf Zeit immerhin, einen Mordgrund herlieh, war mit der Nachricht von den anreisenden Kacheln entfallen.

Bis dahin, ja, das galt es einzuräumen, hatte sich Lena Simoneit in meinem Waschtrog unterm Klempnergestänge ungefähr so behaglich gefühlt, wie ich bei dem Gedanken, daß sie die Wohnung mit einem giftgrünen Molchsding teilte. Bis zu den Fliesen, wie ließe sich das leugnen, gab es für Lena ein Tatmotiv. Nur war selbst dies nicht wichtig, weil . . .

Weil, sagte ich und hörte mich es sagen. Hörte mich sprechen vor meiner Tür, während ich hingelagert war auf einc Bank aus Schmuckgestein. Hörte mir zu bei der Erörterung eines undurchsichtigen Falles und wußte mich für Durchsicht reif.

Farßmann! dachte ich und knurrte unhörbar dazu, jetzt ist es genug. Lena ist lieb, und Willi ist tot, und du hast noch einige Felsen zu stemmen. Frisch auf denn, weiter ans Werk.

Von Frische, zugegeben, konnte nicht gesprochen werden. Wie ein welkes Blatt vielmehr nahm ich mich aus, wenn ich mich die Flure hinab auf die Straße senkte, und nur solange ich mich dort unter den Augen der wachen Rentiers befand, verlieh ich mir einige Straffheit.

Mir ist bei allem babylonischen Gezerre nichts Körperliches beschädigt worden, und dennoch war Verheerung groß.

Die Fliesen habe ich auf den Berg gezwungen, das Bad hat bald in verfugtem Reseda geglänzt, und nicht ewig hat man in meinem Kietz von seiner befremdlichen Farbe gesprochen. Aber die Sache mit Lena neigte sich, und auch daran war immer noch das Gruselvieh beteiligt.

Wir taten zwar beide, als habe es William nie gegeben, und soweit es mich betraf, war er eines natürlichen Todes gestorben. Doch in die Wohnung der verschiedenen Simoneits bin ich nach wie vor nicht gegangen, und diesmal wußte ich es Lena nicht zu erklären. Auch von gehabtem Verdacht hält man besser sein Maul.

Kraft seiner Tücke, die Teil von des Leguans Wesen ist, hat sich aber bei mir der elende Wurm in Erinnerung gebracht. Wenn ich die Apothekerin im grüngesäumten Wasser hörte, sowieso. Wenn ich über meine Treppen ging und zu jeder Stufe die Maserung kannte, sowieso. Wenn ich jenes Telefon benutzte, sowieso. Wenn von übergroßer Kälte die Rede war, sowieso, und sowieso bei jeglichem Wort aus der Nähe von Feuer.

Am schlimmsten war es jüngst, als Lena frisches Brot vom Bäcker brachte. Auch der Beutel, in dem sie das Gebackene unterm erfreulichen Arme trug, war frisch. Einer von diesen Leinensäcken mit gemütvollen Stickereien. Ich glaube, es ist eine Mühle gewesen. Ferner glaube ich, ich werde mich von Lena Simoneit trennen müssen. Sanft soll es gehn, denn zu mir ist sie sanft gewesen. Am besten, ich tausche mich aus der Drehe fort, vielleicht an den Stadtrand. Mit einem frischverfliesten Bad wie meinem, denke ich, wird es da kaum Probleme geben.

Bronzezeit

Für Stephan Hermlin

Vielleicht greift der Name etwas hoch, aber wir nennen das Grün zwischen Goldfischteich und Tischtennisplatte unseren Erholungspark. Drei Bänke stehen dort mit den Rückenlehnen zum Betrieb, und über den Werkszaun geht der Blick zu einem stillgelegten Gasometer. Ich sitze gern in diesem Winkel, denn in manchen Mittagspausen habe ich ihn für mich allein. Zwar zerrt die Arbeit nicht so an mir, daß ich zu Atem kommen müßte, doch halte ich es gut einmal ohne die Gesellschaft meiner Kolleginnen aus.

Wie sich aber unser Werkleiter neben mir niederließ, wünschte ich mich in ihren Kreis zurück, und den Augenblick verwünschte ich erneut, in dem ich mich auf die Kurvertretung für den Hauptbuchhalter eingelassen hatte. Mehrmals nämlich war mir seither vom Direktor Vortrag über jene Rechtkonstruktion gehalten worden, derzufolge der oberste Buchhalter eines Betriebes und der Chef dieses Betriebes in eine gewisse Gleichrangigkeit gestellt sein sollen. Wieder und wieder hatte ich mir dabei sagen lassen müssen, bei solchem Zustand sei der Direktor einem Rosselenker ähnlich, der es mit einer Kreatur zu tun habe, welche sowohl als Pferd wie auch als Reitersmann zu gelten wünsche.

Es drängte mich manchmal, dem verbitterten Mann von einem Zentaur-Syndrom zu reden, doch weil ich nur Vertretung war, unterließ ich es. Aber die Mittagspause durfte mir nicht einmal der Chef verkürzen, und zum Zeichen meiner Aufsässigkeit stemmte ich den Rücken fester gegen die Lehne der Bank.

Es ist nun, sagte er, daß wir uns geschichtlich erforschen sollen.

Immerhin versuchte er einen Tonfall von gleich zu gleich, und ich murmelte, so schläfrig es sich nur machen ließ: Die Mauer von dem Gasbehälter hat etwas Römisches. Jetzt weniger, aber bei spätem Licht.

Sein Anliegen schien von beträchtlichem Gewicht zu sein, denn erkennbar war er herzlich willens, die S-Bahn-Landschaft hinter unserem Zaun in einem späten Licht zu sehen.

Die vom Gaswerk werden sich auch erforschen müssen, sagte er, es ist republiksweit. Bei uns, schlage ich vor, macht es die Buchhaltung, weil ihr sowieso alles aufgeschrieben habt.

Es klang, als wolle er uns das noch einmal durchgehen lassen. Seit er mich in mein zeitweiliges Amt eingewiesen hatte, wußte ich, wie sinnlos es war, ihm vom Unterschied zwischen Betriebschronik und betrieblichem Kontokorrent zu sprechen. Ich sagte nur lahm: Wenn es eine Funktion ist, nicht ich. Ich mache schon Kassierer.

Das vereinbart sich, antwortete er, und aufreiben müssen wir uns schließlich alle. Beim Markenkleben scheint mir beste Gelegenheit, die menschengebundenen Erinnerungen aufzustöbern.

Er meinte wohl, mich nun richtig geleitet zu haben, denn mit Schwung stieß er sich von der Pausenbank ab und war schon im Anlauf zu neuen Taten. Aber einen Blick noch warf er auf das vielstökkige Gasgemäuer, und mir warf er ein Wort noch zu: Amphitryon!

Das hatte ich von meinem Gerede über spätes Licht, und zur Vertretungsbürde hatte ich nun Chronistenpflichten. An der Spitze, schien es, lebte man schneller.

Um nicht den Eindruck aufkommen zu lassen, es schreite Leiter neben Leiter durch den Erholungspark, ließ ich dem Kollegen Scharrbowski einigen Vorsprung, ehe auch ich mich auf meine Kommandohöhe zurückbegab. Als habe mir das neue Ehrenamt den Blick geschärft, gewahrte ich, wie verlottert im Grunde unser Pärkchen war. Auf der steinernen Tischtennisplatte hatte sich Laub versammelt, und Kraut überwucherte ihren Sockel. Auch der kleine Teich war so verkrautet, daß man kaum noch etwas vom eigenartigen Umriß des Ziergewässers sah. Im Zuge der geschichtlichen Erhebungen, dachte ich, wird man ausforschen müssen, wann unser Werk zu seinem Naherholungsgebiet gekommen ist, und meinen frischen Eifer fand ich sonderbar.

Im Zimmer des Hauptbuchhalters dann und an Hauptbuchhalters Tisch wie auf Hauptbuchhalters Stuhl vergaß er sich aber rasch, denn der Widerwille gegen den Platz überkam mich stark wie selten. Den Posten, wußte ich, wollte ich nicht geschenkt, und selbst nur geborgt gewann er nicht an Reizen. Zwar war es geräumiger hier, aber für die Oberen hieß man Buchhalter, und von den Unteren wurde man zu den Häuptlingen geschlagen.

Es hatte mir nichts genützt, daß ich, um meinen Kolleginnen anzuzeigen, wie sehr ich der Ihre blieb, auch wenn ich jetzt in ein Führungsamt ausgeliehen war, die Schiebetür zwischen ihrem Arbeitsraum und meinem zeitweiligen Amtssitz stets offenhielt. Als sperre ein Vorhang aus Laser sie von mir ab, übertraten die Damen Jäger, Weigel und Woltermann die Schwelle nie, sondern riefen mir zu, was aus der Ebene des Buchhaltens hinauf auf die Höhe des Hauptbuchhaltens mußte.

Jetzt standen sie wie zu dreistimmigem Necklied aufgereiht, und ihrem gezirpten Bericht entnahm ich, daß ihnen die Begegnung zwischen Werkdirektor und geschäftstragendem Hauptbuchhalter nicht entgangen war. Ergriffen habe es sie gemacht, säuselten sie, einen der ehemals Ihren sogar außerhalb der eigentlichen Arbeitszeit Schulter an Schulter mit einem der anderen zu sehen. Seit an Seit im Sportgehege, sagte Ellen Jäger. Arm in Arm am silbernen See, sagte Helga Woltermann. Und Fräulein Weigel sagte: Wange an Wange im Park.

Brigadier Woltermann wähnte sich verpflichtet, dem allen noch eins draufzusetzen, und sprach von einem historischen Gipfeltreffen, und wissen wollte sie nur, warum sich der führende Scharrbowski und der führende Farßmann nicht zum Abschied geküßt hatten. Es habe ihr, sagte sie, und die beiden anderen fanden es wer weiß wie komisch, der Bruderschmatz zwischen uns doch sehr gefehlt.

Ich bot ihr an, wir beide könnten die versäumte Koserei gleich nachholen, aber da Lia Weigel bereit schien, für die Brigadeleiterin einzuspringen, lenkte ich das Gespräch auf das Gebiet nüchterner Geschichtsschreibung.

Wir, sagte ich und schloß mit einer Handbewegung zum Zirkel zusammen, was auf beiden Seiten der Schwelle versammelt war, wir sollen die Chronik vom VEB Ordunez schreiben. Ja, meine Damen, nun ist es heraus, das süße Geheimnis zwischen Scharrbowski und mir, und ich darf Sie bitten, sich ein wenig in historischem Grübeln zu versuchen. Ich nehme an, am Ende gibt es die Tacitus-Medaille, und das ist immer noch besser, als von Werkdirektor Scharrbowski geküßt zu werden.

Das fanden die Frauen nicht anders, und sie fanden wie ich, daß wir so schon an gesellschaftlichen Aufträgen keinen Mangel hatten, und sie wußten wie ich, wie schwierig es war, bei solchen republikanischen Übungen nicht mitzutun.

Natürlich wird man, sagte ich, die eine oder andere Frage gar nicht anders als innerhalb der Arbeitszeit behandeln können. Wenn man nicht vor Ort ist, kriegt man das meiste über diesen Ort ja nicht heraus. Weiß zum Beispiel jemand, wann Ordunez volkseigen geworden ist, oder weiß er, wie man es nach Feierabend ermitteln könnte?

Nach Feierabend haben wir anderes zu ermitteln, sagte Ellen Jäger, und nur dank der Neigung Lia Weigels zur Besserwisserei gingen wir nicht auf dieses Thema mit seinen unbegrenzten Möglichkeiten ein. Fräulein Weigel sagte: Daß dieser Laden, bevor er VEB wurde, Abzeichen-Herrmann geheißen hat, sollte selbst in der Hauptbuchhaltung bekannt sein.

Ist uns geläufig, erwiderte ich, und die Tatsache, daß beim Wechsel der Eigentumsform die Produktbezeichnung gleich mit geändert worden ist, hat sich ebenfalls zu uns herumgesprochen. Aus Herrmanns Abzeichen sind volkseigene Orden und Ehrenzeichen geworden, und am Ende wurde aus VEB Orden und Ehrenzeichen der berühmte Trägerbetrieb VEB Ordunez. Das alles, meine Damen, ist uns nicht entgangen, nur kommt der Chronist, als der ich jetzt spreche, nicht ohne Daten aus. Wann, lautet die Frage, wann haben wir uns aus dem Joch von Abzeichen-Herrmann befreit?

Es war, stellte sich heraus, vor unser aller Dienstzeit im Hause gewesen, und Lia Weigel legte Wert auf die Erklärung, es müsse auch erheblich weit vor ihrer Lebenszeit gewesen sein.

So erheblich nun wieder nicht, sagte Helga Woltermann, und ich fand, wir hatten einen prächtigen Brigadier in ihr.

Wie es scheint, liefert Gott zwar den Verstand zum Amt nicht immer mit, aber im Gange der Beförderung steckt er einem etwas Antreiberisches ins Bewußtsein. Obwohl es mich im selben Augenblick stark genierte, griff ich mit ausgestelltem Interesse zu einem Schriftstück auf meinem Tisch, und was weltweit als ein Zeichen gilt, mit dem der Austausch zwischen Chef und Mitarbeitern an sein Ende kommt, wirkte auch bei dieser Begegnung zwischen Hauptbuchhaltung und Buchhaltung vom VEB Orden und Ehrenzeichen, eingekürzt Ordunez. Die Kolleginnen wandten sich ihren Büchern zu, und ich wollte mich an mein Hauptbuch begeben. Aber zu Eintrag kam es nicht, denn Helga Woltermann erschien noch einmal an der Schwelle zwischen unseren Räumen und schloß die Tür. Ich starrte gegen das Holz der Klassenschranke und schickte mich an zu dem Ruf: Ich will zu meinem Volke gehn!, aber ich unterließ ihn dann. Ich unterließ es auch, einem Bericht, der seit Tagen auf letzten Zuschliff wartete, diesen Schliff jetzt zu geben.

Weil mir die Gegenwart des VEB Ordunez im Augenblick besonders mißfiel, beschloß ich, mich aus ihr abzulösen und ohne Verzögerung den Abstieg in seine Vergangenheit, soweit sie buchhalterisch festgehalten war, zu beginnen.

Dem Zustand der Papiere nach, die ich auf hochgelegenen Regalen und in den Tiefen der Schränke fand, schien es sich um eine Erstbegehung zu handeln. Zwanzig, dreißig und beinahe vierzig Jahre zurück hatten verschiedene Jemande diese Kladden geschlossen, und seither hatte sie niemand wieder geöffnet. Da mußte ich erst kommen. Chronist Farßmann. Kein Niemand also, sondern ein Jemand. Ein Erstjemand sozusagen.

Erstjemand gefiel mir, obwohl es fraglos eines jener hergeholten Wörter war, zu denen ich manchmal neige und für die sich meine Kolleginnen nie erwärmen konnten. Doch hatte das jetzt außer Betracht zu bleiben, und nur an Zahlenreihen hielt ich mich, an Überschriften und Unterschriften und den Wechsel der Unterschriften im Laufe der Jahre. Ich hielt mich an Maße und Gewichte, an Materialien, Produkte und ihre verbuchten Mengen. An Umlaufmittel hielt ich mich, an Überträge und Überschüsse, an Reserven, Prämien und den abgeführten Gewinn.

Beiläufig fast erfuhr ich auf meinem Weg zurück in der Fährte des Betriebes die Daten seiner Umeignung wie auch seiner Umbenennungen. Ich notierte sie, aber heiße Entdeckerfreuden stellten sich nicht ein. Mehr als einige Griffelzüge des Geschichtsermittlers waren diese Sachen nicht wert, denn schließlich hatte man Abzeichen-Herrmann nicht mit dem Bajonett aus seinem Comptoir vertrieben, und auch bei den Umtaufen war man mit Verwaltungsakten ausgekommen. Jahrelang noch, so zeigten es meine Ausgrabungen, hatten sich die Büros mit den alten Kopfbögen begnügt. Das Nichtmehrzutreffende war mit Balken aus großen X überdeckt, und das Nunmehrzutreffende stand in Maschinenschrift darunter.

Aus hundert Kreuzworträtseln wußte ich, daß Klio die Muse der Geschichtsschreibung ist, aber schon nicht mehr wußte ich, ob man der verwöhnten Dame mit solchen Meldungen kommen durfte. Oder gar mit Berichten aus der Medaillenproduktion. Mit Schilderungen von den Kämpfen, durch die wir mußten, als es galt, das Abzeichen für Treue im Berufsverkehr in die Großserie zu bringen, oder als wir angewiesen worden waren, die Mahnplakette Einig Vaterland vom Band zu nehmen.

Wo sollte im Verzeichnis von Weltgeschichte ein Platz wohl sein für die Erzeugnisbilanz vom VEB Ordunez, zumal sich der größere Teil unserer bilanzierten Erzeugnisse für den Weltmarkt nicht eignet. Es liegt in ihrer Natur, daß es ein Bedürfnis nach ihnen ausschließlich in der engeren Heimat gibt. Was wiederum zur Folge hat, daß von Berühmtheit, mit der wir uns im Selbstspott manchmal versehen, in Wahrheit nicht die Rede sein kann und auch nicht ist.

Noch bei keiner Demonstration etwa ist es geschehen, daß der Tribünensprecher über die Schallanlagen Gruß und Dank in unsere Richtung rief; nie waren wir gemeint, wenn, bei zurückgedrehtem Schalmeienklang, von Erfüllung und Übererfüllung ein öffentliches Dröhnen ging. Alle begrüßte der Mann hinterm Mikrophon, alle, ausgenommen die Werktätigen vom VEB Ordunez. Wir mußten unter klirrenden Liedern als namenloses Volk im Zuge gehn.

Es erklärte sich das. Für den Lautspruch waren wir ungeeignet, da wir nicht gemeint sein konnten mit der Aufforderung, auch valutaseitig weiter und noch höher voranzuschreiten. Es erklärte sich, und dennoch empfanden wir es als doppelt ungerecht, weil Reih um Reih mit uns kaum einer ging, der nicht versehen war mit dem einen oder anderen Artikel aus dem VEB Ordunez.

Wohin auch immer das Auge blickte, immer erblickte es ein Stück aus unserem Sortiment. Wenn man jenen Teil gehobenen Schmuckwerks nicht zählte, der von der staatlichen Münze geliefert worden war, stammte alles, was an Spalieren und Tribünen vorbeigetragen wurde, aus unserer Fertigung.

Von den hunderttausend Spurt-in-der-Freizeit-Nadeln, die unser Werk verlassen hatten, traf man so manche am Revers von so manchem Werktätigen wieder, und selbst die rare Ehrenspange zum Fest der Nationalen Eigenart glitzerte hier und dort. Neben den von uns entwickelten Ode-an-die-Freude-Orden blitzten Freunde-an-der-Oder-Medaillen, natürlich auch von uns, und seitdem wir eine miniaturisierte Fassung des Umweltschutzverdienstschildes auf den Markt geworfen hatten, sah man an jedem Feiertag, wieviele Schützer die Umwelt hatte.

Auf den Markt, doch eben nur den Binnenmarkt. Weltweit herrscht in unserer Branche seit jeher die Ansicht, fürs vaterländische Dekor seien nur heimische Rohstoffe und hausgemachte Zutaten verwendbar. Auch die Franzosen weben Schärpen und Bänder zur Ehrenlegion lieber selbst, Türken stanzen Halbmond und Sterne auf eigener Stanze am Bosporus, und unsere Freunde möchten ihre Siegeszeichen nicht unbedingt bei den germanischen Freunden erwerben.

Einzusehen ist das alles, nur schlägt es uns schwer in die Bücher. Oder schlimmer, in diesen Büchern kommt die Gegend jenseits von Wismar und Weimar gar nicht vor. Da bleibt der Trost nur schwach, daß wir, wo wir schon keine fremden Taler bringen, auch keine solchen verbrauchen. Wir verteidigen uns mit diesem Argument zwar leidlich, aber wenn wir vom besonderen Charakter unserer Ware und von unserer Spezifik sprechen, dann will das niemand gelten lassen. Spezifik haben sie alle.

In den Papieren, die ich aus lange verschlossenen Schränken grub, fand sich kaum etwas von diesem Problem. Buchhalterisch gab es keinen Grund, mit roten Zahlen zu vermerken, daß Ordunez international nicht vorhanden war. Auch andere waren international nicht vorhanden, Schornsteinfeger zum Beispiel, doch nie hatte man von Kaminkehrerkonferenzen gehört, auf denen die Forderung nach auswärtigem Entrußen lautgeworden wäre.

Als Kontoführer, der ich war, und auch als Hauptkontomensch, der ich zeitweilig war, mußte mich die Stimmigkeit der Dokumente erfreuen, aber den ehrenamtlichen Chronisten in mir ödete die Undramatik unserer Betriebsgeschichte an.

Wir hatten uns entwickelt, das schien alles. Der staatliche Sektor Ruhm und Ehre war stetig gewachsen, und was dabei an äußeren Zeichen benötigt wurde, lieferten wir. Wir lieferten es Jahr für Jahr in größeren Mengen, verbesserter Qualität und einer Modellvielfalt, die den aufblühenden Bedürfnissen entsprach. Es war herzlich gut, und herzlich langweilig war es auch.

Vor allem warf es für die Chronik wenig aus. In der mußte es nicht nur gipfelauf, sondern auch einmal talwärts gehen, denn erst in Ankampf gegen schier unüberwindliche Hindernisse bewährte sich und wuchs der Mensch. Die Ordunez-Menschen aber waren immer nur so vor sich hin gewachsen, und unzufrieden mit ihnen und unzufrieden mit mir schob ich die Hefter zurück in die Schränke, Jahrgang für Jahrgang, und als ich die Türen schloß, war mir, als schöbe ich marmorne Deckplatten über Sarkophage, an die für Jahrhunderte niemand rühren sollte.

Als ich eben die letzten Bände in ihre Modergruft versenkte, entsann ich mich einer Protokollstelle, die ich nicht ganz verstanden hatte. Sie war mir nicht wichtig erschienen, weil ich nach Krisen und Katastrophen gefahndet hatte, aber jetzt, mit meinem Wissen um all die unergiebige Aufstiegsordnung, nahm sich der Vermerk geradezu abenteuerlich aus.

Ich fand ihn rasch in einer der Zusammenfassungen, mit denen alle fünf Jahre festgehalten wird, was an Bewahrenswertem in jenen Akten steht, die an den Altstoff gehen. Unter den laufenden Betriebskosten waren fünfhundert Mark für etwas ausgegeben worden, das als „Umwandlung Transrexreserve in Rekreationsbereich" eingetragen war. So oft ich die Worte las, sie sagten mir nichts.

Aber eine Chance boten sie mir, die Verbindung zu meinen mir zeitweilig unterstellten Brigademitgliedern wieder aufzunehmen. Ich öffnete die Schiebetür, trat demonstrativ über die Schwelle in den Buchhalterraum, der mein eigentliches Werktagszuhause ist, und fragte die Kolleginnen, ob sie mit einem Ausdruck wie Umwandlung, Transrexreserve in Rekreationsbereich etwas anzufangen wüßten.

Mit Blicken zeigten sie einander, daß sie einen Anbiederungsversuch von mir vermuteten, und wie sie darin einig waren, waren sie es auch in der Auskunft, sie könnten der Hauptbuchhaltung leider nicht helfen.

Sie ließen mich eine Weile stehen, und erst als ich nach einem Wort für den Rückzug suchte, sagte Helga Woltermann: Umwandlung ist klar, Reserve ist klar, Transrex ist absolut unklar, und für Rekreationsbereich hätte ich höchstens einen Tip.

Ich bitte um diesen, sagte ich.

Meine Nichte, als die Pfingsten hier war und ich nach ihrer Arbeit fragte, hat gesagt, sie ist in einem

Rekreationscenter tätig. Auf deutsch ist es ein Rummelplatz.

Ich bedankte mich und ging zurück auf die einsame Brücke. Es ist mir, glaube ich, gelungen, die Tür so zu schließen, daß es als Zeichen meines Respekts verstanden werden konnte.

Umwandlung Transrexreserve in Rummelplatz? – Auch mit einer vertrauten Vokabel mehr wurde der Eintrag nicht verständlicher. Zumal es sich deutlich nicht um das Hauptwort des Satzes handelte. Das lautete Transrexreserve, und nach seiner Entschlüsselung erst würde ich verstehen, was wer in einen Rummelplatz umgewandelt hatte. Oder von mir aus auch in einen Rekreationsbereich.

Die Glieder des im ganzen geheimnisvollen Ausdrucks waren es als Teile nicht. Trans hatte immer etwas mit Reise und Durchfahrt und eben Transport zu tun, Rex war, siehe Fridericus, ein König auf Latein, und eine Reserve war eine Reserve.

Umwandlung durchreisender Königsreserve in einen Rummelplatz? Verwandlung von transportiertem Reservekönig in Karussellcenter? Oder vielleicht König Friedrichs Veränderung auf der Kirmesfahrt?

Mit einiger Charaktergewalt unterdrückte ich das Verlangen, die Brigadetür ein weiteres Mal zu öffnen und über die hohe Schwelle zu fragen, ob ein Dolmetsch zugegen sei für den Satz: Fritz wandelt sich auf dem Wege zum Rummel.

Anstatt mich auf den wuchernden Unfug einzulassen, suchte ich Halt an dem, was mir per Profession vertrauter war. Ich blätterte weiter in den alten Papieren, fraß mich zurück bis in Abzeichen-Herrmanns Nähe, denn was einmal umgewandelt worden war, mußte irgendwo beim Inventar oder als Neubuchung zu finden sein.

Reservekönig spürte ich keinen auf, aber mehrmals kam ich an die Silbe Rex. An einer Stelle hieß es: „Umwandlung Rexverwahrung in Rexreserve (Bronze, 18 t)" und an einer anderen: „Abgabe Schrottschein, 18 t, gegen Rex gl. Menge".

Für den Abend, der diesem Arbeitstage folgen würde, brauchte ich, soviel war klar, kein Kreuzworträtsel und schon gar nicht die bläßlichen Fragen vom Fernsehfunk. Ich hatte eine beträchtlichere Nuß zu knacken, eine aus Bronze, die achtzehn Tonnen wog. Einen Bronzerex galt es zu finden, der beim VEB Ordunez in unterschiedlichen Rollen aufgetreten war. Als ein Verwahrter stand er verbucht, als Reserve hatte er gegolten, und zuletzt war er im Rekreationsbereich gesichtet worden.

Ich schrieb mir aus den Büchern, was ich brauchte, stellte die alte Ordnung in den Regalen wieder her, stieß die Tür zum Nebenzimmer auf und bat die buchhaltenden Damen, mein Telefon mitzuversehen. Sollte man nach mir fragen, ich sei zur Kaderabteilung.

Jetzt will er sich auf Dauer bewerben, sagte Fräulein Weigel, und ich erwog, den häßlichen Verdacht mit der Andeutung zu zerstreuen, es könne sich etwas für unseren Forschungsauftrag gefunden haben, aber dann tat ich, als habe ich nicht gehört. Ich war, schien es, auf dem Wege, ein Leiter zu werden.

In der Kaderabteilung sah man mich ähnlich, denn ohne viel Gefrage gaben sie mir die Adresse meines, sozusagen, ehemaligen Kollegen und Amtsvorgängers, des einstigen Hauptbuchhalters vom VEB Orden und Ehrenzeichen. Er war vor langem in Rente gegangen und mußte noch leben. Die Abteilung behielt auch abgetretene Kader im Auge, schon wegen der Kranzspenden mußte das sein. Für Josef Klagg war keine Kranzspende verzeichnet.

Josef Klagg wohnte Gabriel-Max-Straße, rechts der Frankfurter Allee, und seiner Sprechweise nach konnte er auch dort geboren sein. Des Namens wegen war ich auf einen Tonfall von der böhmischen Elbe eingerichtet, aber schon aus seinem Gruß klangen hundert Jahre Friedrichshain.

Als ich die Namen von Person und Betrieb genannt und meine derzeitige Tätigkeit etwas umständlich beschrieben hatte, behauptete Josef Klagg, er habe mich seit einiger Zeit erwartet. Nicht mich direkt, sagte er, aber mich gewissermaßen als solchen. Er machte mir Platz in der Tür und sagte: Hier ist Raucher. – Als ich abwehrte, ließ er das meine Sache sein, zündete einen halben Stumpen wieder an, verkroch sich in Qualm und Sessel und erteilte mir mit einer Handbewegung das Wort.

Ich trug mich ohne Umschweife vor. Ich sei bei Durchsicht älterer Papiere auf unerklärliche Einträge gestoßen und wegen seiner Unterschrift nun bei ihm.

Klar, sagte er und ließ sich den Stumpen schmecken.

So berichtete ich vom bronzenen Rätsel, und weil der Rentner Josef Klagg auf präzise Fragen zu warten schien, stellte ich sie ihm: Wer oder was ist Rex? Wieso zuerst seine Verwahrung und gleich darauf seine Umwandlung, und warum wird er auch Transrex genannt? Was wolltet ihr mit einer Reserve von achtzehn Tonnen Bronze, und was ist aus der geworden?

Der ehemalige Mitarbeiter von Ordunez und vielleicht auch schon von Abzeichen-Herrmann legte sein Räucherzeug fort und sprach mit jener berlinischen Freundlichkeit, die auswärts so oft als

Arroganz mißdeutet wird: Gleich vorneweg, Kriminalfall ist es keiner. Man wird es, denke ich, demnächst als patriotisch werten. Deshalb die Bemerkung, daß ich dich als solchen erwartet habe.

Er griff nach seinen Zigarillos und ließ sie nach einem Blick auf die Standuhr wieder fallen. Dann schien ihm nur mühevoll erinnerlich, wovon eben die Rede gewesen war, und ich fragte mich, ob er Worte und Gesten seit den Tagen des Bronzerex oder doch wenigstens seit seinem Abschied von Betrieb und Hauptbuchhalterzimmer geübt haben könne. Ich paßte mich zu längerem Aufenthalt in den altledernen Sessel.

Die Vorsorge war nicht vertan, denn Josef Klagg zog mich in eine verfächerte Geschichte, durch die ich, neben anderem, von einem spezifischen Gewicht der Bronze erfuhr und von der Befestigung legierter Hufe auf Platten aus Stein und vom Durst, der in Tiefbaukolonnen zu herrschen pflegte, und vom Weitblick, über den, auch das Historische betreffend, Hauptbuchhalter verfügen müssen, und über den der Hauptbuchhalter Josef Klagg geboten hatte ein langes Arbeitsleben lang.

Das Erzählstück begann mit der Auskunft, auf dem heutigen Platz der Guten Taten habe Ecke Fortschrittsallee ganz früher einmal der Große Reiter gestanden, und es endete mit der Eröffnung, die obere Hälfte des Großen Reiters diene derzeit als Wandung unseres Goldfischteiches, und aus dem unteren Teil sei im Erholungspark vom VEB Ordunez die Pingpongstätte geworden.

Zweigeteilt und kopflings, erfuhr ich, stecke die Hohlbronze, die ehedem ein geschätztes Standbild war, im Erdreich hinter der vormaligen Fabrik von Abzeichen-Herrmann und trage bei zur Reproduktion volkseigener Arbeitskraft.

So, Farßmann, dachte ich, da bist du also bei Josef Baron von Klaggshausen gelandet, und ich machte mich auf Wirbelstürme im Berliner Raum gefaßt, denen ein güterwagenschweres Denkmal nur Spielball gewesen war, Pingpongball sozusagen, und es fragte sich lediglich, war Josef Klagg auf dem bronzenen Unterstück durch die wildbewegte Berliner Luft von Mitte bis Prenzlauer Berg gesegelt, oder hatte er, was mir sogleich wahrscheinlicher schien, hinter dem halbierten Reiter Platz genommen und dem halbierten Roß die Zügel geführt bis über den vorausberechneten Absturzort dort, wo die S-Bahn am VEB Ordunez vorbeikommt und dem kleinen Pärkchen dahinter.

Der Rentner Josef Klagg ahnte wohl, daß er in meinen Augen mit Dreispitz und gepudertem Zopf versehen war, und er hat die flatternde Geschichte an der Erde festgemacht. Er hat sie mit Buchhalters Daten beschwert, und weil sein Bericht der Aktenlage entsprach und Teich wie Tisch im Garten von Ordunez vorhanden waren, ließ ich vom Verdacht, in diesem pensionierten Bilanzführer sei uns ein neuer Münchhausen erschienen. Nicht er war der Aufschneider, sondern Umstand und Läufte der Zeit hatten für den Anschein von Lügenhaftigkeit gesorgt.

Also der Große Reiter. Den hatten welche, als Preußen per Dekret zernichtet worden war, vorsichtshalber oder aus überschüssigem Eifer oder weil sie diesen Herrn nun herrenlos glaubten, von seinem Sockel gehoben und beiseite gebracht. Ob es eine Transportfrage gewesen ist, oder ob sie dachten, zwei halbe Große Reiter seien weniger auffällig als ein ganzer, jedenfalls haben sie ihn in Höhe der Satteldeckenmitte waagrecht zerschnitten und auf einen Lagerplatz vom Tiefbau gefahren. Der stieß an das Betriebsgelände von Abzeichen-Herrmann, und wüst sah es auf beiden aus.

Vom Gerümpel, das übergenug vorhanden war, türmte man etliches auf die Reiterhälften, denn Bronze hatte ihren Handelswert. Auch zählte es nicht als Verdienst, einem bedenklichen Oberpreußen Asyl gegeben zu haben.

Aber als wieder eine Ordnung war im Land und der Tiefbau sich anschickte, Ordnung auch auf seinen Lagerplätzen zu schaffen, hat der Geländeverwalter über den Zaun gefragt, ob die Ordensleute Verwendung für ein älteres Denkmal hätten. Als Modell vielleicht. Wenn nicht, drohe die Schmelze.

Josef Klagg hat den Großen Reiter auf seine Kappe genommen, und im Grunde war es legal. Jedenfalls, solange er die Bronze als Bronze sah und nicht als Kunst und Geschichte. Dem Geländeaufseher von nebenan hat er, wie es Hauptbuchhalters Sache war, einen Schrottschein geschrieben, und die Zahlung von fünfhundert Mark für Rextransport und Lagerung Rex konnte er verantworten. In die Bücher mußte nicht, daß der zweigeteilte Rex mit Hilfe von Tiefbaugeschirr hinterm Abzeichenwerk in die Erde kam. In die Bücher mußte vom Aufwand nichts, der aber nötig war, die Preußenteile zweckdienlich zu verwahren. In den Büchern fand sich nichts, das einer Revision nicht standgehalten hätte. Die Bronze war ja da.

Die Bronze ist ja da, sagte der Rentner Josef Klagg zu mir, und gespannt sei er, sagte er auch, wie ich das Weitere zu regeln gedächte.

Ich beeilte mich, auf meinen Status als Vertretung hinzuweisen, und das beste scheine mir, fügte ich mit Nachdruck hinzu, wir beide vergäßen den Großen Reiter sofort und für immer.

Aber Josef Klagg erwiderte, nicht Vergessen, sondern Gedächtnis gelte heutigentags, und der Berittene müsse wieder auf seinen Sockel. Wir hätten inzwischen, sagte er, eine neue Unbefangenheit, und man sei auch auf positive Züge gestoßen. Meinst du, fragte er und teilte mir kräftig vom Rauch eines neuen Zigarillos zu, er darf auf Dauer an Zierfisch und Pausensport vergeudet werden?

Das steht bei dir, sagte ich, du hast ihn abgesenkt, nun ziehe ihn wieder ans Licht. – Aber denken hörte ich mich, es könnte mich das Zwischenspiel als Hauptbuchhalterdiensttuer in die Lage setzen, Autor eines bedeutenden Eintrags im Hauptbuch des VEB Ordunez zu werden: Rückwandlung Rekreationsbereich in Standbild Rex. Als ich Abschied nahm vom Rentner Klagg in der Gabriel-Max-Straße, Friedrichshain, schien noch nichts entschieden, doch wird der Bronzevergräber nicht einmal das Verhallen meiner Schritte abgewartet haben, ehe er sich ans Briefschreiben machte. Zwei Tage nach unserem Gespräch traf das Schriftstück ein. Es war mit einem fingierten Absender versehen, aber, Kunststück, die Adresse vom VEB Ordunez stimmte, mein Name und jene Dienstbezeichnung, die mir auf Zeit verliehen war, stimmten auch. Wäre nicht der Eingangsvermerk unserer Poststelle gewesen, hätte ich Konfetti aus dem Papier gemacht; denn dort, wo sich eine Unterschrift gehört, stand in grenadiergeraden Druckbuchstaben lediglich: Ein Patriot.

Der Patriot stellte zwei Fragen: Erstens, ob mir bekannt sei, daß sich der seit Jahrzehnten vermißte und in den Katalogen als wahrscheinlich zerstört geführte Große Reiter auf dem Freizeitgelände des volkseigenen Betriebes Ordunez befinde und dort zweckentfremdet als Sportgerät respektive Zierfischanlage diene, und zweitens, wie lange ich als Bürger den Anblick des entmannten Sockels auf dem Platz der Guten Taten, Ecke Fortschrittsallee, noch ertragen wolle.

Entmannter Sockel! sagte ich laut und war der Abgeschiedenheit meines Zimmers einmal froh und nutzte sie, auch noch den Kopf zu schütteln über Josef Klagg, der einstens Inspirator und Organisator kühnster Operationen gewesen war und nun in der Deckung seiner Zigarillowolke verbleiben wollte. Er suchte seine Ruhe und nahm mir meine.

Den Anblick des entmannten und auch entroßten Sockels würde ich aushalten, zumal ich nicht so oft über den Platz der Guten Taten kam, aber wie lange ich unverstört neben dem zersägten Bronzerex leben könnte, wußte ich nicht. Wie ich mich kannte, würde mir bald von tonnenschweren Goldfischen träumen und von Pingpongkugeln aus Kupfer und Zinn und von der Verlegung meines Arbeitsplatzes, per königlicher Ordre, versteht sich, hinauf in die einsame Höhe eines granitenen Denkmalsstumpfes.

Ich gab mir noch eine Nacht Bedenkzeit, aber den Abend nutzte ich schon, aus Lexikon und Reiseführer allen Bescheid herauszuschreiben, der den Großen Reiter betraf. Und weil mich kein Traumgesicht zu anderem bestimmte, meldete ich mich werktagsfrüh beim Direktor Scharrbowski, sagte, es sei der Chronik wegen, und legte ihm das patriotische Schreiben wie auch die Wissensauszüge vor.

Weil ich nicht als Hauptbuchhalter und also ihm siamesisch verbundener Leiter erschien, versuchte er sich in Jovialität. Er drückte mich auf einen Stuhl in der Besucherecke und nahm zuerst die Beschreibung des Denkmals vor die Augen. Sie sagte ihm nichts, aber weil er der Direktor Scharrbowski war, mußte er Stellung zu ihr nehmen. Das kommt dabei raus, sagte er, Monarchie und Kunstgewerbe.

Vom Brief des Patrioten Klagg wollte er nicht

Kenntnis nehmen, denn Anonymes fasse er nicht an. Aber während er so sprach, sprangen seine Augen zwischen dem verwerflichen Schreiben und den Artikeln über das Denkmal hin und her, und es war beinahe zu hören, wie aus dem Großen Reiter auf dem einen Papier und dem Großen Reiter auf dem anderen Papier einmal ein einziger Großer Reiter wurde und zwar einer, der sich auf dem Territorium vom VEB Ordunez befinden sollte.

Das wäre ein Ding, sagte Scharrbowski, habt ihr es geprüft?

Weitgehend, antwortete ich, es scheint zu stimmen.

Da wurde ich Zeuge des Umstands, daß auch der Leiter meines Betriebes träumerisch aussehen und träumerisch flüstern kann. Er flüsterte: Achtzehn Tonnen Bronze!

Ja, sagte ich, den Transport werden die Denkmalspfleger selber besorgen müssen, und unsere Anlage, meine ich, sollten sie uns ersetzen.

Aber Scharrbowski war immer noch beim Gewicht des Metalls, und er hörte nur halb auf mich. Immerhin, nach einiger Versonnenheit fragte er: Wieso Transport? Den Abbau besorgen wir selber. Und was heißt Denkmalspflege? Hier steht es doch geschrieben: in den Katalogen als wahrscheinlich zerstört geführt. – Sollen sie etwa, sagte er, und ein Witz schien ihn zu überwältigen, unseretwegen ihre Kataloge umschreiben müssen?

Entweder das, antwortete ich, oder wir unsere Bücher. Haben Sie übrigens Abbau gesagt? Ich meine, so wie Bergbau oder Tagebau? Soll der Große Reiter nun nach Sportplatz und Planschbekken auch noch abgeteuft und eine Erzmine werden?

Bronze, sagte der Kollege Scharrbowski, es handelt sich um Bronze, und die kommt in der Natur nicht vor. Siebzig bis fünfundneunzig Prozent Kupfer und ein entsprechender Rest Zinn. Aber hundertprozentig, werter Kollege Hauptbuchhalter, lassen sich aus Bronze, Denkmalsbronze nun gar, die gediegensten Medaillen fertigen. Exportfähige Medaillen, mein Lieber.

Ich bestaunte sein Vermögen, in vier Sätzen vier Fragwürdigkeiten unterzubringen. Ich war nicht sein Hauptbuchhalter, ich war nicht sein Lieber, Ehrenzeichen waren nichts für den Außenhandel, und vor allem waren wir nicht befugt, uns kommerziell an einem Berittenen zu vergreifen, der als vermißt im Kunstbuch stand.

Weil das Persönliche hinter anderen Belangen zurückzustehen hatte, suchte ich vorerst nur zu erfahren, seit wann die Produkte vom VEB Ordunez zu den grenzüberschreitenden Gütern zählten. Meines Wissens, sagte ich, gebe es da überkommene und eiserne Regeln.

Die es zu brechen gilt, sprach mein Vorgesetzter, und weil er so im Schwunge war, rief er weniger mir als sich selber zu: Es kommt darauf an, das Dogma von der Binnenbindung zu brechen! Wahrscheinlich staunte er ähnlich über sich wie ich über ihn, denn als Dogmenbrecher hatten wir beide ihn nicht gekannt, und Binnenbindung schien auch eine Novität. Ersichtlich versuchte Kollege Scharrbowski, sich bei seiner Neuererlaune zu halten, indem er mich ins Vertrauen zog.

Mein Lieber, sagte er, auf dem Globus rührt es sich. Überall zerschellt das Joch, und es entstehen andere Formationen. Große Taten werden vollbracht, die entsprechend ausgezeichnet werden müssen. Aber Herstellerbetriebe für Ehrungsbedarf haben sie keine. Nun fragen sich die Verantwortlichen: Wo sollen sie kaufen? Bei den Ausbeutermächten, die allerdings Orden aus soliden Metallen bieten, oder bei den Befreundeten, die leider nur Preßgußmedaillen im Angebot haben? – In diese Bresche, mein guter Kollege Farßmann, springen wir. Wir springen, das ist gut, wir springen mit dem Großen Reiter. Bei, sagen wir, dreißig Gramm pro Klunker kämen wir auf sechshunderttausend Stück Verdienstdekor.

Ich wollte einwenden, daß die Bedürfnislage in jenen Gegenden womöglich anders aussehe, aber dann kam mir das zu sehr wie ein Vernunftgrund vor, und ich brachte die Sprache auf ein technisches Problem. Wie meinte er den Abbau halbedlen Mischmetalles zu bewerkstelligen, ohne Großalarm beim Amt für Fassadenschutz und Stadtantlitzpflege auszulösen? Auch wenn der ganzedle Reiter zweigeteilt in unserer Erde ruhe, wiege doch jedes Stück von ihm neuntausend Kilogramm, und so etwas berge sich nicht hinter vorgehaltener Hand.

Der Leiter Scharrbowski stand auf und winkte mir, ihm zu folgen. Lokaltermin, sagte er, aber unauffällig!

Werkdirektor und Hauptbuchhalter mitten in der Arbeitszeit im Erholungspark vom VEB Ordunez, das war ungefähr so unauffällig wie eine Nachrichtensprecherin mit drei Ohren, aber um die Beiläufigkeit unseres Tuns anzuzeigen, steckten wir die Hände in die Taschen und tauschten uns gedämpften Tones aus.

Erkennbar absichtslos hielten wir am Goldfischteich inne und spähten über ihn hinaus in die Ferne, wie man vielleicht am Meergestade tut. Doch besprachen wir nicht jene optische Merkwürdigkeit, derzufolge alles Seefahrzeug in der Kimmung zu schweben scheint, sondern berieten, ob der Tümpel mit seinen überwachsenen Rändern dem Querschnitt eines halbierten Ansichtsrosses entspreche.

Wir hielten es für möglich, und der Direktor führte sich auf, als erwäge er ein Bad. In der Hocke schien er die Wassertemperatur zu prüfen, und mir raunte er aus dem Mundwinkel zu: Ziemlich glitschige Wandung, könnte aber das Gesuchte sein.

Auch an der wuchtigen Tischtennisplatte benahm er sich wie einer vom Schlage Schliemanns. Erschreckend lange schürfte er dort zwischen Brennesseln und angefaulten Zigarettenschachteln, brachte aber einmal die Nachricht zu Tage, ohne Zweifel sei hier der andere Teil vom Medaillenrex verborgen.

Pfiffig sind sie gewesen, sagte er, sie haben die Beine von dem Gaul unter allerlei Gestein versteckt. Aber unsere Bronze ist es, und nun heißt es, die Reserven als Ressourcen zu nutzen. Unser geliebter Ordunez kann von der Binnenbindung zur Außenveräußerung übergehen.

Er schien diesen Satz auf eine im Marschwinde knatternde Bannerbahn zu passen, doch fiel ihm wohl ein, daß unsere Mission fürs erste verdeckt zu bleiben hatte. Bei Gott, er legte den Arm um meine Schulter, zerrte mich beinahe bis an unseren Zaun und wies zum leeren Gasgemäuer hinüber.

Tot und überflüssig, sagte er, so sieht das aus! – Aber dank gewisser Erschließungsmaßnahmen bleibt unsereins ein solches Schicksal erspart.

Liebend gern hätte ich ihn über das Drahtgeflecht gekantet, denn die Vorstellung von den Frauen der Brigade Buchung stellte sich unschwer her, wie sie da am Fenster standen und vor Sprüchen überflossen, weil Farßmann von Scharrbowski einen alten Gasometer erklärt bekam.

Doch wie ich bald erfuhr, war den Damen unsere Expedition entgangen, da sie einander Neuestes aus Kindermund mitzuteilen hatten. Ihr Gelächter gab mir einen guten Grund, durch ihre und nicht durch meine Tür in die Buchhalterei einzutreten. Auch mußte ich nicht lange um Aufnahme in den erheiterten Kreis ersuchen, sondern bekam gleich und wie in alten Zeiten überliefert, was unsere Jüngsten so lustig zum Leben zu sagen wußten. Der Knabe von Frau Woltermann, Vorschüler noch und nicht ganz fünf, hatte den Bildbericht über zwei Oberhäupter, die sich zu Füßen einer Gangway herzten, mit dem frühreifen Ruf untermalt: Da sind ja wieder die beiden Küsser!, und es hatte die Eltern einige Mühe gekostet, dem Jugendlichen Brauchtum und Richtlinien des Protokolls übersichtlich darzulegen. Vor allem wollte dem Kinde nicht einleuchten, daß es ausschließlich Sache der Allerhöchsten sei, sich öffentlich wie zärtlich Liebende aufzuführen.

Die Brigade Buchung, deren Teil ich für die Dauer eines köstlichen Gesprächs wieder war, dachte über Vorschriften dieser Art kaum anders als der Woltermann-Sohn, und wie wir weitere Vorschriften besprachen, erzielten wir weiteres Einverständnis. Doch wußte ich, daß mein Glück nicht dauern konnte. Ein Schritt über die Schwelle, hinter der sich das Buchhalten in höheren Formen vollzog, und Fremdlinge würden wir neuerlich sein, Helga Woltermann, Ellen Jäger und Lia Weigel auf der einen und ich auf der gänzlich anderen Seite.

Ohne die Schweigepflicht, in die ich von Scharrbowski genommen war, hätte ich von der Ausgrabung des Großen Reiters berichten und wenigstens mit der wärmenden Heimeligkeit unseres Forschungszirkels rechnen können. Da jedoch das

Archäologische vorerst unter uns Leitern zu bleiben hatte, hieß Entfremdung weiter mein Los.

Unter uns Leitern!, so dachte ich wahrhaftig und konnte es kaum fassen, und um wenigstens einen Hauch der alten Gemeinsamkeit in den Chefflügel hinüberzuretten, trat ich nicht über die Trennschwelle nach nebenan, sondern ging behutsam aus der Buchhaltung auf den Korridor und vom Korridor ganz leise in die Hauptbuchhaltung.

Laut meldete sich am dortigen Telefon mein Werkdirektor und verkündete, er werde die Gleisbauabteilung der Reichsbahn einschalten. Die hätten weitreichende Kräne, und mit zwei Greifergriffen hinüber zum Ordunezgebiet sollte es ihnen ein leichtes sein, die Bronzebrocken zu bergen. Hin zur Schmelze und als Barren zurück zu uns müsse der Krempel ohnedies auf der Schiene.

Der Krempel, sagte ich und hob mein Buchhalterhaupt dabei, ist vorerst noch Teil unseres Erholungsparks, und wenn die Gewerkschaft eines Morgens dort, wo am Abend Pingpongplatz und Ordunezbecken gewesen sind, nur zwei rissige Löcher findet, wird die Gewerkschaft womöglich böse.

Wie ich sein langes Schweigen deutete, war ihm so ausgefallenes Verhalten kaum vorstellbar, doch fragte er, ob man nicht zwecks vorsorglicher Beschwichtigung den Freizeitwert des verlotterten Kurbereichs durch einen schönen Swimmingpool erhöhen könne. Es wäre, meinte er, eine schöpferische Anwendung des Baggerseeprinzips, und der Materialeinsatz Plaste gegen Bronze scheine ihm auch zeitgemäß.

Kann alles sein, sagte ich, aber die Deutsche Reichsbahn empfehle ich nicht. Ich will, trotz ihres überständigen Namens, nicht behaupten, daß es alles Kaisertreue sind, aber ob die Hand anlegen, um ausgerechnet den Großen Reiter zur Schmelze zu karren . . .

Als der Kollege Scharrbowski wissen wollte, wann zum Teufel der eigentliche und richtige Hauptbuchhalter aus dem Sanatorium zu erwarten sei, ahnte mir, daß ich ihm mit meinen Bedenken nicht lag.

In vierzehn Tagen, sagte ich und wußte nicht, warum mich die Weite der Spanne Zeit so fröhlich stimmte.

Dann müssen die Brüder vom Tiefbau ran, sprach Scharrbowski, denn wer weiß, wen der anonyme Patriot inzwischen alarmiert. Die haben den Gaul schließlich jahrelang versteckt gehabt, nun sollen sie sehen. Wie wäre es, wenn wir ihnen folgenden Hinweis geben: Früher hat man Pferdediebe aufgehängt, aber da wir Kollegen sind, werden wir mit Nachbarschaftshilfe und einem Tieflader zufrieden sein.

Am besten sei es, sagte mein einfallsreicher Direktor, ich ginge gleich nach nebenan und führte eine kameradschaftliche Aussprache von Buchhalter zu Buchhalter herbei.

Ich war zu der Antwort versucht, das solle dem eigentlichen und richtigen Hauptbuchhalter vorbehalten bleiben, aber ich fand eine Entgegnung, die weniger kleinlich war. Das wird nichts bringen, sagte ich, denn die Nachbarn haben einen ordnungsgemäßen Schrottschein von uns, aber vor allem haben sie, Sie werden sich erinnern, den gleichen Auftrag wie wir, weil er republiksweit gilt: Sie müssen sich, ähnlich uns, geschichtlich erforschen, und wenn sie erst beim Aufstöbern von menschengebundenen Erinnerungen sind, fällt einem Schaufelveteranen womöglich der Große Reiter ein, und wir finden uns in der Zeitung als Erbeschänder wieder.

Dann muß es ganz von oben gehen! sagte Scharrbowski und entwarf noch am Telefon einen Brief, den wir gemeinsam an den Minister für Außenhandel und den Minister für Finanzen richten sollten.

Himmlischer Vater, dachte ich, wenn das bei Jäger, Weigel und Woltermann herauskommt, dann bleibt die Tür für immer zu, und kein Wort aus Kindermund wird mir noch überliefert werden. Oder meine Brigade wird, wenn ich erst wieder bei ihr bin, zu jedem Quark von mir wissen wollen, wie wir auf Ministerebene die Dinge denn so sähen.

Ich sagte zu meinem Direktor: Außenhandel und Finanzen, schön, und an den eigenen schreiben wir nicht?

An den natürlich auch, antwortete er.

Und nicht an den für Metallurgie und Bodenschätze?

Klar, auch an den.

Und was ist mit der Volksbildung? fragte ich, und er wollte zuerst wissen, wieso Volksbildung, aber dann fiel ihm von selber ein, wie weitreichend die Volksbildung bei uns ist, und er sagte: Die Volksbildung, selbstverständlich.

Bliebe noch der Minister für Kultur.

Der leuchtete dem Direktor nun gar nicht ein, und ich mußte daran erinnern, daß der Große Reiter als verschollenes Kunstwerk galt.

Natürlich, sagte ich, weiß ich nicht sehr gut, was alles hineinfällt in dieses Ministerium, aber auch als Laie kann ich mir einen Zusammenhang zwischen ihm und verschwundenen Kunstwerken vorstellen. Womöglich haben sie dort mit Bewußtseinsfragen zu tun, und selbst für mich als Parteilosen steht außer Zweifel, daß der halbierte und auch noch preußische Reitersmann in unserem Garten eine Bewußtseinsfrage ist.

Nicht, wenn wir ihn zu exportfähigen Medaillen stanzen, sagte Werkleiter Scharrbowski, und außerdem reicht die Entscheidung von Finanz und Metallurgie. Denn letzten Endes, mein Lieber, bestimmt das materielle Sein das Bewußtsein.

Nun war selbst mir dieser Leitsatz seit längerem bekannt, aber ich hatte nicht gewußt, daß man ihn auch sprechen konnte, als laute er: Das materielle Sein ist der Vorgesetzte und verantwortliche Leiter des Bewußtseins und damit basta!

Ich preßte meinen Rücken fest an die Lehne des Stuhls vom Hauptbuchhalter und erwiderte: Wenn es derart grundsätzlich wird, muß ich mich meiner Befugnis entsinnen. Schlage vor, Brief, den Großen Reiter betreffend, geht gleich in höchsten Bereich. Sollen die dort über unser Verwahrgut entscheiden.

Die Geräusche im Hörer zeigten an, wie sehr mein Direktor mit einem bösen Anfall von Zentaur-Syndrom zu kämpfen hatte, aber in der Bezeichnung Verwahrgut steckte ein Ausweg für ihn, und er hatte gewiß keine Schwierigkeit, sich als Verfasser einer Meldung zu sehen, die in höchsten Bereichen nur Freude stiften konnte.

So wird es gemacht, sagte er, und daß Ordunez nun bald an die Exportfront eilt, scheint mir so gut wie beschlossen.

Vielleicht nur, um das letzte Wort zu haben, äußerte ich die Ansicht, der Tag, an dem der VEB Ordunez begann, mit der Binnenbindung zu brechen und zur Außenveräußerung überzugehen, gehöre in unsere Chronik eingetragen.

Das fand Scharrbowski auch, und kaum war das Telefonat zwischen ihm und der Kurvertretung des Hauptbuchhalters beendet, eilte ich zu meiner Brigade. Diesmal schlich ich nicht über den Korridor, sondern stieß die Schiebetür mit Schwung zur

Seite, setzte mich in meinen angestammten Stuhl und erzählte.

Den Damen gefiel ich, wie ich den Großen Reiter aus der Rexverwahrung holte und den exportfixierten Direktor in die Schranken wies. Einer der Ihren war ich nun. Zwar zur Zeit auf höherem Posten, aber eben als einer von ihnen dort aufgestellt. Einig waren wir, daß Hauptbuchhalter, wenn es sie denn geben müsse, besser aus unserem als anderem Holz zu fertigen seien, und uneins waren wir nur in der Frage, wie wohl im höchsten Bereich über den hohen Reiter entschieden werde.

Nach Meinung von Weigel und Jäger waren die achtzehn Tonnen Bronze bereits auf dem Marsch zu sechshunderttausend Paraderöcken in mindestens achtzehn fernen Ländern, doch Woltermann und Farßmann hielten dagegen, Rückwandlung Rex wie auch Rückkehr desselben auf Sockel seien nicht gänzlich ausgeschlossen. Es gebe, sagte der Kollege Farßmann, Zeichen einer neuen Unbefangenheit.

Ich sagte es seither wahrscheinlich einige Male zu oft. Ich sagte es nicht nur in unserem Zirkel der Chronikforscher, sondern auch in der Zentralen Zirkelleiterkonferenz aller Chronikforscher. Ich weiß nicht, ob es einen Zusammenhang gegeben hat zwischen meiner Berufung dorthin und dem Höchstbereichsbeschluß, der zur Wiederbemannung des Sockels am Platz der Guten Taten führte. Aber zu der einen Tagung wurde ich eingeladen und in ihr Präsidium gewählt, und zu anderen Tagungen wurde ich ebenfalls eingeladen, und in deren Präsidien wurde ich ebenfalls gewählt.

Bei einer Wochenendkonsultation sämtlicher Hauptbuchhalter sprach ich von der Neuen Unbefangenheit, und auch die Feier der Volkseigenen Vereinigungen kam weder ohne dieses Thema noch ohne mich als Redner aus. Vor Jungen wie Alten berichtete ich über Konflikt und Lösung des Konflikts zwischen Binnenbindung und Außenveräußerung, und ich pries die Entscheidung des höchsten Bereichs, von der ich betonte, man habe sie als Abdruck einer Neuen Unbefangenheit zu begreifen.

Wohin das mit mir gehen würde, schien absehbar. Schon hieß es, der offizielle Hauptbuchhalter vom VEB Ordunez sei etwas häufig zur Kur, und es müsse doch nachdenklich stimmen, daß erst bei seiner Abwesenheit der bronzene Rex aus der Zweckfremde habe heimkehren können.

Gerede dieser Art und andere verdächtige Zeichen kamen zunehmend auf. Scharrbowski verkehrte mit mir im Herzenston, der zwischen Leiter und Leiter gilt, aber meine Brigade klopfte neuerdings bei mir an. Statt Kindermund nun Zeitungsschau, so ungefähr verfärbten sich unsere Gespräche.

Auch im Erholungspark vom VEB Ordunez wehten die Winde kalt, wie sie nur Einsamen wehen. Einmal, als ich dort wieder allein zwischen den noch unverwachsenen Löchern stand, starrte ich über S-Bahn-Einschnitt und Gasgemäuer hinweg und wußte plötzlich von mir: Auf St. Helena war ich schon, und Napoleon sollte ich noch werden.

Ich wollte aber von beidem nichts und sann, man kann sagen, verzweifelt, nach Mitteln gegen drohende Erhöhung.

Dann kam der Tag, an dem sie den rückverwandelten Großen Reiter auf seinem Sockel am Platz der Guten Taten neu befestigten, und der Protokollbescheid ereilte mich, ich hätte auf dem Weihepodest neben dem Höchsten aus dem Höchsten Bereich meine Aufstellung zu nehmen. Natürlich konnte ich mich dem nicht verweigern, und als ich mich über den Köpfen der Meinen wiederfand, schien unabänderlich, daß ich auf diesem Niveau mein künftiges Leben fristen müsse.

Helga Woltermann erkannte ich, die fremd und doch mit einigem Stolz zu mir aufsah. Lia Weigel war da und brachte es gerade noch zu einem kleinen Winken. Ellen Jäger staunte empor zu mir und schien sich zu fragen, wie sie den Kindern von jenem Manne sprechen sollte, mit dem sie einst Löschpapier und Locher geteilt, und der nun aufgereiht stand zwischen Großem Reiter und Großem Leiter dazu.

Scharrbowski sah ich auch, und sein fliegender Blick besagte, daß er die erhabene Bronze wieder und wieder zu weltmarktfähigen Medaillen vermaß. Ersichtlich ebenso machte ihm immer noch die Frage zu schaffen, wieso ausgerechnet dieses Mal das verantwortliche Sein nicht übers Bewußtsein die Oberhand behalten hatte.

Unübersehbar für mich in meiner Höhe stand in einer Wolke aus Stumpenqualm der Patriot Josef Klagg, und zufriedener als er konnte keiner rauchen.

Alle zeigten sich ein wenig verändert und waren doch die alten. Einzig ich, so schien es mir, stand im Begriff, ganz aus aller Gewohnheit zu geraten. Aber ich wollte das nicht. Ich wollte nicht Schwelle noch Schiebetür zwischen mir und den anderen, und den Sockel wollte ich nicht und auch nicht sonstige Erhöhung. Farßmann wollte Farßmann bleiben, und wie noch die Reden dröhnten und dann die beschließende Musik erscholl, wußte Farßmann einmal auch, wie er das erreichen konnte.

Zwar gehörte einiger Mut dazu, um nicht von Unbefangenheit zu reden, und die Überzeugung war nötig, daß nichts unmöglich sei, aber den Mut fertigte ich mir aus meiner Verzweiflung an, und wenn ich wissen wollte, was diese Welt an Möglichkeiten barg, brauchte ich die Hand nur auf den bronzenen Pferdeleib an meiner Seite zu legen.

Eine strichfeine Narbe lediglich ließ sich fühlen, wo kürzlich noch die Grenze zwischen lautem Ping und Pong und lautlosem Kiemenschlag verlaufen war, und ich, der ich diese Verbindung gestiftet hatte, sollte Farßmann nicht bleiben können?

Das wollte ich sehen, und als es unter dem Großen Reiter zum Abschied von den Führenden kam, konnte jeder sehen, was ich wollte.

Ich gab dem Höchsten Vertreter des Höchsten Bereiches die Hand, wie es vom Protokoll auch vorgesehen war, und dann gab ich ihm ganz außerhalb des Protokolls drei herzliche Küsse. Einen auf die rechte Wange, einen auf die linke Wange und einen auf den Mund.

Die Begleitung schien dazwischengreifen zu wollen, aber wir standen erhöht, und für die Kameras wären solche Bilder nichts gewesen. Was meinen Partner betrifft, so hielt er sich brav. Zwar suchte er sich mir zu entwinden, aber weil ich ihn mit Buchhalterfäusten und nicht mit Hauptbuchhalterhändchen bei den Schultern hatte, schickte er sich ins Unvermeidliche und ließ sich von mir kosen. Aber es sagte ihm nicht zu, soviel ließ er mich spüren, und als ich von ihm abließ, wußte ich, ich hatte mich aus der Gefahr, ein Prinz zu werden, zurück auf meinen Platz als Frosch geküßt.

Was eine angenehme Stellung ist. Man hat die Wochenenden wieder frei und muß nicht immerfort von alten Reitern und neuer Unbefangenheit erzählen.

Meine Brigade hat die Chronik abgegeben und dafür die Pflege des jungen Rasens im Garten vom VEB Ordunez übernommen. Wir sprengen ihn in jeder Mittagspause, und er wächst recht gut.

Sonnabends manchmal gehe ich für mich allein die Fortschrittsallee hinunter zum Platz der Guten Taten und lehne mich, wo es niemand sieht, an den wiederbemannten Sockel. Wenn wir das Wetter danach haben, steht der Große Reiter in ruhiger Wärme da, und es ist, als atme die Bronze.

Und ich atme auch.

Die Sache Osbar

Für Wolfgang Vogel

Ist es nicht jedermanns Fall, Post vom Rechtsanwalt zu erhalten, so ist es meiner schon gar nicht. Aber ein Brief war da, und Dr. Falke hatte ihn geschrieben.

Unser Land, denke ich mir, wird nicht die ideale Gegend für einen Juristen seines Kalibers sein. Es fehlt zwar nicht an Delikten, aber denen fehlt es am Format. Die meisten sprechen sich ihres unbeträchtlichen Gewichtes wegen kaum herum. Ich zum Beispiel kenne die Gerichte nur vom Sensationsprozeß Farßmann gegen Farßmann, und zu rhetorischem Glanz gerieten die Reden der Parteienvertreter dort allenfalls bei der Behandlung von Unterhaltsfragen.

Um so eher war ein Schreiben von Dr. Falke geeignet, mich wenn nicht in Schrecken so doch in Alarm zu versetzen. Der Mann kam als einer der wenigen seines Standes in auswärtigen Abendnachrichten vor.

Gegen eine Gewohnheit, die sich aus Neugier speist, öffnete ich das Kuvert nicht schon im Hausflur, sondern trug es hinauf in meine Wohnung, legte es auf den Küchentisch, machte Abendbrot zurecht und auch ein Bier, und erst, als ich von allem genossen hatte und gestärkt nun war für vieles, schnitt ich den Umschlag auf und las die Worte vom Notar.

Es sei von allgemeinem Interesse, sagten sie, daß

ich zwecks Terminabsprache mit der Kanzlei in Verbindung träte und vorerst gegenüber Dritten davon schwiege. Mit vorzüglicher Hochachtung grüßte mich Dr. Falke, Rechtsanwalt und Notar, und in einem P. S. wünschte er zu erfahren, ob ich Mormone sei. „Für den Fall Ihrer Zugehörigkeit zur Religionsgemeinschaft der Mormonen", so lautete das Postskriptum, „wollen Sie bitte unserer Mitarbeiterin Kenntnis davon geben!"

An diesem Nachsatz erboste mich fast alles, Erkundigung und Aufforderung, der Inhalt und die Form. Selbst der Staat mit seinen Fragebögen dringt seit langem nicht mehr auf Glaubensbekenntnisse und will gar nicht wissen, zu welchem Gott ein Bürger seine Augen hebt. Aber Herr Dr. Falke wollte es wissen, und zwar mit angehängtem Ausrufezeichen.

Zwei Zeilen vorher hatte er um Diskretion ersucht, und gleich darauf sollte ich seiner Mitarbeiterin von meiner geistlichen Partei berichten. Nein, unserer, hatten Majestät Falke geschrieben, wollen Sie bitte unserer Mitarbeiterin Kenntnis geben, und mir war sehr klassisch zumute, als ich mich an einen Telefonhörer dachte und zur Büroklavin von Dr. Falke sprechen ließ: Sage sie ihrem Kanzleihauptmann ...

Aber dann ließ ich von dem Theater und machte mir nicht länger etwas vor. Dieser Anwalt schrieb einem Farßmann nicht, um sich in Stilübung zu halten, und wenn er um Verschwiegenheit bat, war die wahrscheinlich angebracht, und wollte er wissen, ob einer Mormone sei oder zum Karmeliterorden zähle, dann hatte es seine Bewandtnis.

Ich war nur vergnatzt aus der Prämienversammlung gekommen und kühlte mein Mütchen am ersten besten, der mir in den Feierabend geriet. Anstatt mich zu fragen, welches Geheimnis der berühmte Rechtsvertreter mit mir teilen wollte. Anstatt mich zu verhalten wie einer, der nichts zu verbergen hat und jede beliebige Mitarbeiterin wissen lassen kann: Nein, Mormone bin ich nicht. Anstatt mich aufzuschließen für alle Lebenspost, die mir ein Anwalt bringen konnte. Anstatt per Anruf die briefliche Behauptung der Kanzlei zu prüfen, werktags halte sie bis neunzehn Uhr offen.

Ich ging noch einmal hinaus und fand die Zelle mit meinem Telefon zwar besetzt, aber nicht umlagert. Ich wartete das Ende des Gesprächs in Ruhe ab, obwohl es mehrfach knapp vor der Landung durchgestartet wurde. Als ich dann wählte, war der Hörer warm vom Ohr des jungen Mädchens, und er roch nach Seife.

Aus dem Büro von Dr. Falke meldete sich eine Frau von unbestimmbarem Alter. Man hörte ihr die späte Abendstunde nicht an, und zu meinem Namen wußte sie gleich etwas. Bevor wir eine Verabredung träfen, sagte sie, sei es geboten, jene Frage zu klären, die ihr Chef am Schluß seines Briefes aufgeworfen habe.

Negativ, sagte ich, und wenn mir auch die zweckdienliche Formulierung gefiel, behagte mir doch meine Bereitschaft nicht, wie ein Verschwörer zu reden. Noch dazu wie einer, der nicht im geringsten ahnt, auf welche Ziele hin er unter Eid genommen ist. Die Frau im Rechtsbüro wollte wissen, ob ich anderntags gegen achtzehn Uhr die Kanzlei aufsuchen könne.

Positiv, antwortete ich, ehe ich mir dieses Wort verbieten konnte, aber ich bereute es nicht, denn die Mitarbeiterin des berühmten Anwalts klang, als nehme sie sich zusammen. Sie danke für meinen Rückruf, sagte sie, und die Verabredung trage sie so ein. Sie vermied es, ob nun mit oder ohne Mühe, meine Verschwiegenheit anzumahnen.

In meiner Wohnung befand sich niemand, dem ich mich hätte ausplaudern können, und ich wandte den Abend auf das Studium von Brockhaus-Artikeln, die den Mormonen, siehe Heilige der Letzten Tage, gewidmet waren. Natürlich schlug ich auch über Vielweiberei und den Großen Salzsee im Staate Utah nach, aber da ich seit jüngster Enttäuschung wieder einmal zur Nullundnixweiberei neigte und von Eiferergemeinden nie sonderlich angezogen worden war, meldete sich immer wieder die Frage, was der Notar von mir wollen könne.

Von Schulden war mir nichts bekannt. Beleidigt hatte ich letzthin keinen. Meine Ehemalige bediente sich eines anderen Prozeßvertreters und sollte noch wissen, daß ich in keine Kirche lief. Also warum ersuchte Dr. Falke um Rendezvous und Diskretion? Erbschaftssachen womöglich? Immerhin kamen Nachlässe und Anwälte häufig paarweise vor. Doch so gern ich Hinterlassenes behoben hätte, mangelte es mir an geeigneter Verwandtschaft. Konnte eher sein, ich war als Zeuge in einer Angelegenheit benannt, zu der ich weder Kläger noch Beklagte wußte. Ein Glaubensstreit vermutlich, denn dazu hätte die Nachsatzfrage des Anwaltsbriefes gepaßt.

Oder ging es weder um Glauben noch Erben, sondern einfach darum, mich für die Gemeinschaft der Mormonen zu werben? War Herr Dr. Falke ein Mitglied dieses frommen Zirkels, und hatte er lediglich als Fürsprech seiner Kirche bei mir angeklopft?

Ausgeschlossen war das nicht, denn geschrieben stand, es handle sich um eine expandierende Bewegung, deren Angehörige geradezu verpflichtet seien, der Herde weitere Schäflein beizutreiben. Und sollte er wirklich Mormone sein, war auch mein Jurist mit solchem Auftrag versehen.

Da sprach es für ihn, dachte ich, daß er die Belange des Rechts wie der Seele in verschiedenen Tagesteilen zu verwalten schien. Mormonisches erst nach Feierabend; so schickte es sich, und in das Schreiben kam Klarheit.

Nur fragte sich, wie der bewanderte Notar den Mitgliederstand im Lande nicht kennen sollte. Denn so sehr die Letzttagsheiligen in der Welt auch expandieren mochten, hatten sie sich meines Wissens in unserem Teil von der Welt nur mäßig ausgedehnt. Zudem handelte es sich, wie das Lexikon wußte, um eine straff organisierte Vereinigung, und unmöglich vergeudete die sich an Leute, die schon ihre Leute waren.

Dann bleibt die Annahme kaum haltbar, dachte ich kurz vorm Abhang, über den man in den Schlummer rollt, Herr Dr. Falke könnte nicht wissen, daß ich seit langem sein Mitglied bin –, und bei dem Versuch, aus diesem Unsinn Sinn zu machen, bin ich unversehens eingeschlafen.

Gleich mit dem Aufstehen aber stellte sich die Erwartung wieder ein, und den Arbeitstag hindurch hatte ich Mühe, meiner Brigade nichts von Brief und Treff zu stecken. Doch hielt ich durch, und unbeschwert wie einer, der seinen Teil vom Pakt gehalten hat, fuhr ich am Abend zum Notar.

Der wies mir einen Sessel zu, und seine einleitende Frage war noch besser als die abschließende des Briefes, denn sie lautete: Waren Sie jemals in Amerika?

Haha! machte ich und hatte ohne alles Überlegen geäußert, was zum Thema zu sagen war.

Der Doktor ließ mir den Ton durchgehen und fragte mild: Aber fahren würden Sie einmal?

Zeit war genug gewesen, mir Verläufe der Unterredung mit ihm auszumalen. Es hatte in den Dialogen von forensischer Schärfe geblitzt, und wenn unsere Argumente, die wir aus frostigster Tiefe des Denkens abriefen, Spitz auf Spitz gegeneinandertrafen, war gefährliches Klirren vernehmbar. Nachgelassene Liegenschaften hatte ich in Aussicht genommen und mich eingerichtet auf Eidesleistung in Sachen Gattenmord oder Kindsunterschiebung, aber die Schauplätze meiner Entwürfe waren in der Nähe geblieben.

Ich sagte flach: Doch, fahren würde ich einmal.

Mir war etwas albern, und argwöhnisch dachte ich, es könne auf meine Kosten eine große Fopperei im Gange sein, und als Dr. Falke wissen wollte, wie es um mein Englisch bestellt sei, sagte ich erleichtert: Es ist nicht vorhanden.

Aber er entließ mich eines solchen Mangels wegen nicht aus seinen Plänen. Er notierte den Defekt, und nach dem nächsten fragte er und hakte ihn als gegeben ab, bevor ich antworten konnte, daß ich keinen Paß besitze.

Der Rechtsanwalt verglich mich zufrieden mit seinen Notizen und brachte auf die Summe, was die Untersuchung ergeben hatte: In Amerika waren Sie nicht, einen Paß haben Sie nicht, Englisch sprechen Sie nicht. Aber ein Buchhalter sind Sie, und aus Berlin sind Sie auch.

Und ich bin kein Mormone, sagte ich.

Weil ich auch keiner bin, sagte er, könnten wir jetzt einen Cognac trinken. Wenn Sie erst einmal in Utah sind, ist Schluß damit.

Was mache ich in Utah?

Sie erledigen eine Geldgeschichte für Ihr Vaterland.

Hätte er sich auf die Geldgeschichte beschränkt, wäre ich sein beteiligter Zuhörer geblieben, aber das Vaterland ging über meine Verhältnisse. Ich sagte und billigte meinen kühlen Ton: Ich höre.

Er hielt einen Brief in Augenhöhe und sprach: Englisch! Ziemlich wörtlich heißt es: Mein Klient erwartet den von Ihnen benannten Berliner Buchhalter zu einem Gespräch, das beide Seiten nicht, wiederhole: nicht, binden soll, in Salt Lake City, Utah. Ein offenes Flugticket wird durch meine Rechtsfirma beim Pan Am-Schalter Berlin-Tegel hinterlegt und ist behebbar durch einen Vertreter Ihrer Rechtsfirma. Wir erbitten zeitige Übermittlung von Datum und Flugnummer, um Weiterreise von New York nach Salt Lake City zu regeln. Besagter Buchhalter sollte als Erkennungszeichen eine deutsche Ausgabe von Grimms Märchen bei sich führen. Aufrichtig Ihr Sowieso, New York.

Ich sagte: Grimms Märchen?, und Dr. Falke antwortete: Es war seine Idee.

Ich nahm einen Schluck vom Cognac und fragte mich, was den so teuer machte, doch wähnte mich der Anwalt mit meinem Grübeln bei wichtigeren Dingen. Sie wüßten gern Näheres, sagte er, hier ist es: Ein Mr. Osbar, Salt Lake City, USA, will unserem Vaterland eine Schenkung machen. Eine ansehnliche Summe, wie mein New Yorker Kollege zu verstehen gibt. Für die Verschönerung des Vaterlandes, soll Mr. Osbar gesagt haben. Etliche Millionen Dollar. Mr. Osbar hat Vorstellungen, wie das Geld eingesetzt werden muß, und für die Lenkung braucht er jemanden. Ihm schwebt ein Buchhalter vor. Einer aus Berlin. Die sollen gut sein, meint er. Wünsche hat er keine beträchtlichen, soweit man sieht. Das müßten Sie vor Ort beurteilen und entscheiden.

Er gibt das Geld, und ich soll entscheiden?

Diesmal bekam ich einen lobenden Blick und hörte: Ganz recht, es klingt nicht übermäßig solide. Sie fragen sich, wie Sie an die Geschichte geraten sind. Es hat seine Richtigkeit, Herr Farßmann. Gehen Sie einfach von etlichen Millionen Dollar aus. Das scheint eine erstaunliche Summe, ist es auch. Aber je erstaunlicher die Summen, desto natürlicher ihre Wirkungen.

Das mochte stimmen, und hätte das Geld auf dem Tisch gelegen, wäre es mir womöglich wie eine Selbstverständlichkeit vorgekommen, daß Doktor Falke mich eine Serie von Formularen blanko unterschreiben ließ, die von den verschiedensten Behörden für Paß und Visa benötigt würden. Er trug mir auf, Lichtbilder herbeizuschaffen und einmal täglich in der Kanzlei anzuläuten. Es vereinfache die Kommunikation, und weiterer Vereinfachung wegen solle ich mich immer nur nach Herrn Osbar erkundigen.

Der fremde Schnaps in meinem Bauche ließ mich fragen, ob ich auch Mormone werden müsse.

Nicht doch, sagte Dr. Falke, es war gerade die Bedingung von Herrn Osbar, daß Sie keiner seien. Er selber ist es und scheint es nicht mehr so zu mögen. Von Ihnen wird lediglich erwartet, daß Sie, erst einmal in Utah, starkes Interesse an dieser Glaubensrichtung zeigen. Man wird sich dann Ihre Anwesenheit in Salt Lake City einfacher erklären können.

Für kurz war ich versucht, mich auf den Anblick von mir im Mormonenland einzulassen, aber ich fand Halt an Näherliegendem und fragte: Und wie soll ich meine Abwesenheit aus Berlin Hauptstadt erklären? In meinem Betrieb pflegt man es mitzuteilen, wenn man zu den Indianern fliegt.

Herr Dr. Falke musterte mich, als suche er herauszufinden, aus welcher Ecke der Sarkasmus gekommen war, aber dann sah er wohl, daß ich ein Recht auf solche Töne hatte, und sagte: Sie können am besten beurteilen, mit welcher Begründung Sie auf einige Zeit verschwinden dürfen. Aber ohne Diskretion kommt eine Schenkung von dieser Größe nicht zuwege. Was meinen Sie, was alles losginge, wenn die Spatzen wüßten: Farßmann ist nach Amerika, um uns ein Geld zu holen.

Ich dachte mir diesen Satz zu den Brühnudeln am Montag in der Werkskantine, und wenn ich auch einsah, daß er unterbleiben mußte, bedauerte ich es doch.

Es schien mir Zeit für den Aufbruch, und der Doktor hinderte mich nicht, und seine Kanzleigehilfin war schon fort, und hinter seinem Haus in der stillen Straße habe ich laut Ogottogott, ogottogott! gesagt.

Von nun an läutete ich täglich beim Notar. Es sei wegen Herrn Osbar, sprach ich jedesmal, und jedesmal war ich auf schrilles Gelächter eingerichtet, aber die Mitarbeiterin sagte entweder, es gebe nichts Neues, oder sie sagte, der Paß sei ausgestellt, oder sie sagte, der Paß sei zum Konsulat, oder sie sagte, das Visum sei erteilt, oder sie sagte, das Ticket, Business Class mit Rückflug, werde anderntags abgeholt, oder sie sagte, man habe das erforderliche Gespräch mit meinem Werkleiter geführt, oder sie sagte, Herr Osbar erwarte mich nun.

Dem jüngsten Bescheid fügte sie hinzu, Herr Dr. Falke erwarte mich auch, und ob es mir auf den Abend passe, der Papiere und der Letzten Ölung wegen. Ich tat ihr den Gefallen nicht, sie um Worterklärung zu bitten, sondern sagte nur: Positiv!, und sie legte auf.

Auch ein Doktor Falke schien nicht alle Tage Berliner Buchhalter nach Übersee zu schicken, denn er fand den passenden Ton nicht gleich und sprach sanft zu mir, als führe mich mein verbleibendes Wegstück geradeaus auf die Allerletzte Leiter. Da müssen Sie nun hin, sagte er, und dies ist Ihr Paß, Visum in Ordnung. Dies ist Ihr Ticket, Schönefeld und Amsterdam o. k., Rückflug open. Dies ist ein kleiner Barbetrag für den Notfall, ich lege es Ihnen aus, ein paar Gulden, ein paar Dollar, Quittung nicht nötig. Dies ist eine Zollerklärung, aber schleppen Sie kein Grünzeug in die Staaten ein. Und dies wäre eine Art Fahrplan für Sie. Ich habe mir aufzuschreiben erlaubt, wie man von Prenzlauer Berg zum John F. Kennedy Airport kommt. Außerdem finden Sie praktische Hinweise, die auf Erfahrung beruhen, zum Beispiel: Packen Sie Grimms Märchen nicht in den Koffer, denn wenn der nicht eintrifft, stehen Sie unerkennbar im Gewimmel, und die Abholung muß Sie per Lautsprecher suchen. Das macht, wo um Diskretion gebeten worden ist, keinen guten Eindruck.

Diesen zu sichern, hatte er ein Schriftstück aufgesetzt, und von den Wendungen, die mir beim ersten Hinsehen ins Auge fielen, erschreckten mich manche sehr. Was tue ich, stand da, wenn ich in New York nicht, wiederhole: nicht, empfangen werde?, und es folgte ein längerer Absatz. – Wie verhalte ich mich bei einem Überfall a) auf mich, b) auf andere? stand da auch, und ich wußte, was ich an diesem Abend lesen und wovon ich in dieser Nacht träumen würde.

Ich sagte mutlos: Ein paar Fragen hätte ich, aber der Doktor erwiderte: Wozu, Herr Farßmann? Entweder stehen die Antworten in meinem Papier, oder ich wüßte im Moment keine. Wenn wir das erst anfangen, kommen Sie nie nach Utah.

Mir wäre das fast recht, sagte ich, und Dr. Falke nickte nur und ließ das Vaterland unerwähnt. Aber einmal hat er mich hinausgeschoben in das Dunkel vor seinem Haus, und leichthin hat er gemeint, wenn ich zurück sei, solle ich mich gleich melden. Er sei gespannt, sagte er.

Reinen Herzens entgegnete ich, mir gehe es ähnlich, und ich wendete mich in Richtung Rocky Mountains.

Ich erwarb einen neuen Schlafanzug und meldete mich, der elenden Qualifizierung wegen, bei meiner Brigade ab. Es traf sich, daß ich auch aus dem Urlaub keine Ansichtskarten schicke und daß meine Brigade es wußte. So beschränkte sich der Abschied auf leise Sticheleien von Lia Weigel und ihren mühseligen Versprecher, ich solle mich beim Kursus für erotische Datenverarbeitung nicht übernehmen.

Der Scherz ist ausbaufähig, sagte ich, wie wäre es mit Damenverarbeitung? – Fräulein Weigel, das sah ich ihr an, würde mich nicht vermissen.

Das galt für die meisten Mitbewohner meines Vaterlandes, und als ich eines herbstlichen Morgens auf dem Wege zum Flugplatz war, stimmte es mich ein wenig traurig. Wie anders hätte sich meine Ausfahrt gestalten lassen, wäre das Mundwerk mir nicht verpecht gewesen im höheren Interesse. Schön zu denken, ich hätte die morgentrüben S-Bahn-Passagiere etwa in Höhe Zentralviehhof ins Bild setzen dürfen über die Absichten, die ich mit mir hatte. Sie sehen mich, Herrschaften, auf dem Wege nach Salt Lake City, Utah, USA, und mögen, wenn Sie sich am Ostkreuz oder in Alt-Glienicke ans Werken machen, sicher sein: Auch Ihretwegen, verehrte Kollegen, fahre ich hinaus!

Etwas wenigstens von jener Spannung, die mich seit Wochen nun schon regierte, hätte ich ins öffentliche Mitteilungsnetz abgeben und sagen wollen: Nicht ums eitle Vergnügen, sondern in einer vaterländischen Finanzsache muß ich nach Mormonien, aber gern gebe ich, wenn ich zurück bin,

Bescheid von allem, was mir zwischen hier und dem Westhang des Felsengebirges widerfahren ist. Ich habe mir eigens einen Notizblock eingesteckt.

Gerade wollte ich, wir hatten eben die Frankfurter Allee überquert, erste Entwürfe reden, als ich einen Blick auffing, der meiner Ausflugskrawatte und meinem unerprobten Koffer galt und wohl auch dem Reisepaß, den ich prüfungshalber in Händen hielt, und der Blick war so, daß er mir alle Lüste nahm, von fremden Wolken oder fremden Speisen auch nur leisest Laut zu geben.

Es hält diese Unlust weiter an und hindert mich zu melden, wie es gewesen ist, als ich wo startete und woanders wieder landete. Es wäre dies auch nicht wichtig; wichtig war nur Mister Osbar, und auf der verschränkten Reise zu ihm mit ihren Ausgängen und Umwegen, Passagen und Schleusen, Abfahrten und Aufstiegen, Wartezonen und Warteräumen, rollenden Treppen und rollenden Bändern dachte ich öfter: So muß einer Kartoffel zumute sein, wenn sie aus der Schütte auf die Rutsche kommt und dann in andere Schütten und auf andere Rutschen. Nur war ich weit besser als jede Kartoffel ausgestattet, denn ich hielt Grimms Märchen unterm Arm, und anhand derer identifizierte man mich als jenen Farßmann, der zu Herrn Osbar geleitet werden sollte.

Dessen auswärtige Fremdheit macht es mir nicht möglich, ganz von allen Äußerlichkeiten zu schweigen. So tut es zur Sache, daß mein Gespräch mit ihm sich nicht in einem Büro vollzog, sondern, soweit es mich betrifft, in einem langen und lautarm rollenden Automobil, und, was Herrn Osbar anlangt, auf einer sonnenheißen Straße, die sich von der Stadt am Großen Salzsee ostwärts über steinige Höhen windet. Ich saß im rückwärtigen Teil des ausgedehnten Fahrzeugs und genoß klimatisierten Wind, der mir um die Knöchel strich. Eine Gehilfin von Herrn Osbar lenkte den Wagen und konnte und sollte nicht hören, was Farßmann und Osbar zu bereden hatten. Die Trennscheibe zwischen ihr und mir blieb geschlossen, und geöffnet wurde die Fensterscheibe zwischen ihm und mir.

Mein Gesprächspartner war zu allem, was er sonst noch war, ein Marathonläufer, und es hätte ihm nichts ausgemacht, sagte er, bis nach Wyoming so neben mir herzutraben und mich bei gleichmäßigem Atem in Einzelheiten seiner Schenkung einzuweihen. Er brauchte längst nicht den ganzen Weg bis zum Nachbarstaat, sondern hatte die Sache nach einigen Kilometern durch den bergigen Teil von Utah übersichtlich vor mir ausgebreitet. Da überraschte mich seine abschließende Weisung nicht, ich solle am anderen Früh wieder heimwärts fliegen.

Mir blieb noch Zeit, einige der frommen Stätten zu betrachten, und sollte mich jemand, vielleicht meiner raren Herkunft aus Berlin Hauptstadt wegen, beim Bummel durch Salzseestadt im Auge behalten haben, so hat er an mir nichts gefunden, was nicht auch an den übrigen Besuchern von Tempel und Tabernakel zu finden war.

Binnenlich aber war ich wüst beschaffen, denn Mr. Osbar hatte einen Plan in mir niedergelegt, der auf seinen Abfall vom Glauben zurückging und in meine Bestallung zum Verwalter von sechsundneunzig Millionen Dollar mündete.

Mr. Osbar, sein Deutsch ließ es schon vermuten, war Amerikaner der dritten Generation. Seines Vaters Vater war, unschwer zu raten, ein zugewanderter Buchhalter gewesen. Ein Buchhalter aus Berlin, versteht sich. Der hatte die Osbar Public Services gegründet, hatte anfangs mit Schaufeln gehandelt und später mit Baggeraktien. Mit ihm begann das Mormonentum in der Familie, und mit seinem kinderlosen Enkel würde es enden. Laut Verfügung des Firmengründers fiel in solchem Falle alles OPS-Vermögen an die Kirche. Der Enkel aber wollte das nicht, und seine Gründe, sagte er, während er trabte, hätten keinen zu kümmern. Zu kümmern hätte ich mich lediglich um die sachgerechte Verwendung seiner Spende. Lacke und Farben, Gips, Kitt und Mörtel sollte ich für die Millionen erstehen und sollte mit diesen Putz- und Schönheitsstoffen das Land meiner Herkunft versehen. Im weiteren Sinne sei es auch seiner Herkunft Land, und immer habe er sich mit der Absicht getragen, es einmal aufzusuchen. Solche Visiten hätten ihr Heikles, und außerordentlich komme es auf Formen an. Er meine, einen angemessenen Auftrittsmodus gefunden zu haben. Zu Fuß wolle er einkehren in die Stadt seines Großvaters, denn zu Fuß habe dieser sie auch verlassen, sei als stellungsuchender Buchhalter wie ein beliebiger Wanderbursche zuerst nach Süden gezogen und seßhaft für eine Weile in Plauen geworden und habe sich dann per Dampfbahn und Dampfschiff und wieder Dampfbahn aufgemacht bis ins Land der Mormonen im fernen amerikanischen Westen. Aber von der Heimat erzählt habe der Osbar-Großvater immer, und in der Vorstellung des Enkels sei der Weg von Plauen nach Berlin in unauslöschbaren dörflichen Farben gezeichnet, in Fensterrahmenweiß und Haustürgelb und Windfangblau und Erkerocker, in Zaunbraun und Schindelrot.

Freilich, der Enkel war längst Amerikaner, und Milliardär war er auch, und als solcher neigte er zu Umsicht. Die hatte ihn veranlaßt, Erkundigungen einzuholen über die Gegend, in die er zwecks halber Heimkehr reisen wollte. Da war ihm bedeutet worden, in einem Punkte verhalte sich der Weg von Plauen nach Berlin nicht mehr stimmig zu der Schilderung des Auswanderers, in einem Punkte allerdings, der eine Hauptsache schien. Es sei, erfuhr Mr. Osbar, mit den dörflichen Farben nicht weit her, und von den städtischen wolle man schweigen.

Der Besitzer von Osbar Public Services glaubte den Berichten, aber beugen wollte er sich ihnen nicht. Er beschloß, seinen Heimweg dann eben anzustreichen, und weil er nicht gut die eine dünne Straße von Süden nach Norden malern lassen konnte, beschloß er obendrein, den Einsatz von Kelle und Quaste auf die Gebiete rechts und links der Wanderroute auszudehnen. Da er dem erfrischenden Werk bei aller Großzügigkeit doch eine Grenze suchen mußte, bestimmte er die des Landes dazu. Zwar würde solche Gesamtauffärbung nennenswert ins Geld gehen, aber das war Herrn Osbar nur recht. Nennenswerte Beträge waren es eben, um die er seinen Besitz zu schmälern suchte, denn aus Gründen, die keinen zu kümmern hätten, wollte er nicht, daß seine Kirche ihn unmäßig beerbe. Sechsundneunzig Millionen Dollar leisteten nach seiner Ansicht den mindernden Dienst und waren doch nicht alles, was er sein eigen nannte. Ihm blieb genug für den Rest seines Lebensweges, und mir blieb der Auftrag, den Anstrich seines Heimwegs zu besorgen.

Es war der farbigste Vorgang, in den ich je verwickelt wurde, und leuchtete in reichem Weiß und Gelb und Blau und Rot und in Dollargrün, nicht zu vergessen.

Bedingungen? Nein, Bedingungen stellte Mr. Osbar keine. Es ging um Schenkung hier und nicht um Handel. An Gegenleistung war nicht gedacht, sondern lediglich an eine Leistung, die ich zu liefern hatte. Ich mußte sorgen, daß Mr. Osbars grüne Scheine ihre Zweckbindung nicht verließen. Nur in Pinsel und Pinselstrich durften sie neue Gestalt gewinnen, in Latte und Lattennagel, Rostschutz und Fugenputz, Schalholz und lückenschließendem Mauerstein. Ich weiß das Lächeln noch, mit dem der Millionenmann diesen Teil seiner Unterweisung begleitete. Es faßte Erfahrung von dreimal Krösus zusammen, und weil der trabende Osbar es dem fahrenden Farßmann übersetzte, weiß ich, was es besagte: Eine Menge Geld ist einer Menge Schafe ähnlich. Soll es wohin, müssen Schäfer und Hund dafür sorgen.

Ich hätte entgegnen mögen, daß ich zum Hirten und Hechelköter nicht tauge, und ich hätte entgegnen müssen, meine heimatliche Weide sei eine ohne reißende Wölfe, aber Herr Osbar hatte gerade einen sehr ansteigenden Teil der Wasatch-Höhen unter seinen Füßen. Es genierte mich, einen Mann mit Einwänden zu bedrängen, der sich nun doch nicht ohne Ächzen übers hochgelegene Amerika mühte. Erst als es Richtung Cheyenne wieder talwärts ging, nahm der Läufer erneut das Wort und gab mir Rat für den Umgang mit sechsundneunzig Millionen Dollar.

Von einer Tendenz zu atembedingter Silbentrennung einmal abgesehen, ging seine Rede fließender als manche, die ich von pultgestützten Referenten kenne, doch abweichender noch von allem Gewohnten war der Gehalt seines Vortrags. Wie die von ihm gestiftete Summe nur dem einen Zwecke dienen solle, sprach mir Mr. Osbar bei eilendem Schritt, so müsse auch jedes Bestimmertum über sie einzig bei mir gelegen bleiben. Also keine Komitees und Kommissionen, und Bankenkonsortien schon gar nicht. Die hätten nur die

Neigung, sagte er, aus Geld nichts anderes als Geld zu machen, aber vom Zinseszins werde die Heimat nicht grün. Auch mit Rücksicht auf die Fiskalverwalter von Utah und USA müsse er auf dieser Bedingung bestehen. Nun doch Bedingung: Aus privater Hand in private Hände!, anders bringe er keinen Penny übers Felsengebirge ins Vogtland oder den dräuenden Fläming. Es gebe da Gesetze.

Zwar empfand ich mich ähnlich dem Kerl, der sich aus rollender Rikscha heraus beim schwitzenden Kuli nach dessen Lebensplänen erkundigt, aber ich begehrte von Herrn Osbar zu wissen, ob er außer der farblichen Sache wirklich keine weiteren Wünsche habe. Einen Orden vielleicht oder ein Buch, in dem von führender Feder sein Leben nachgezeichnet war?

Der Läufer hob die Hand, ich dachte schon, gegen mich, aber er klopfte nur ein Signal auf das Wagendach, und die Wagenlenkerin kehrte des Wagens Nase bei nächster Gelegenheit aus Richtung Atlantik in Richtung Pazifik, und wir strebten wieder Salt Lake City zu, das die Mormonen auch Zion nennen.

Herr Osbar wirkte nun sehr locker, und federnder, schien mir, ging sein Schritt. Freundlich, wenngleich mit aller Bestimmtheit, versicherte er, an Kinkerlitzchen sei ihm nicht gelegen. Ihm reiche die Aussicht auf den Wanderpfad von Süd nach Nord und auf die stillen Dörfer, die auch im Spätlicht noch voller Farben waren. Er sei ein bescheidener Mann, und zwänge man ihn, Glücksvorstellungen von Extragröße zu benennen, Glück in Überweiten sozusagen, dann spräche er allenfalls von Golf und Musik.

Da hätte ich ihn ja, sagte er, als wir nach Zion kamen, er getrabt und ich gerollt, auf einen verwegenen Wunsch gebracht, einen Doppelwunsch sogar. Sollte per Zufall gerade ein Turnier im Gange sein, wenn er sich auf seinem Gange von Plauen nach Berlin befände, dann wollte er wohl gern zu diesem zugelassen werden, denn achtzehn Löcher in der alten Heimat, das wäre als Aufschlag von Glück schwerlich zu übertreffen. Zu übertreffen sei es allenfalls, fügte er nach kaum merklichem Zögern hinzu, wenn sich beim Durchmarsch durch Sachsen ein Konzert im Gewandhaus arrangieren lasse, eines mit Mr. Osbar am Dirigentenpult.

Kaum war dies gesagt, zog er den Kopf zwischen die Läuferschultern und hatte Augen nur noch für die Straßen von Salt Lake City. Milliardär oder nicht, es trabte hier ein Mensch, der mit seinen Wünschen zu weit gegangen war. Ähnlich uns anderen suchte er das Peinliche zu überspielen und nicht nur zu laufen, sondern aller Welt zu zeigen, daß er laufe.

Aber als wir an einer Ampel halten mußten und er nur auf der Stelle traben konnte, sagte er zu mir, der ich auf seinen Polstern saß, ich solle augenblicklich aus dem Gedächtnis streichen, was er als Zuwaagen seines Glücks beschrieben habe. Einzig von Belang seien der Weg und die Farben, und auf nichts weiterem wolle er bestehen. Auf gar nichts weiter oder nur auf dem, was er allem anderen stillschweigend und aus Gründen, die keinen zu kümmern hätten, vorausgesetzt habe, nämlich daß mein Vaterland, welches auch seines Vatersvater Land gewesen sei, unter keinen Umständen mormonisch werde.

Da konnte ich Gebrauch von der Vollmacht machen, die mir durch Dr. Falke vermittelt war, und Leistung mit Gewinn vergleichen. Und angesichts von sechsundneunzig Millionen Dollar fiel mir die Beteuerung nicht schwer, anders als der Staat Utah werde meiner niemals einer der Mormonen sein.

Dies Wort genügte Herrn Osbar, und er hat mich zu meinem Hotel gebracht, und bevor ich heimflog in das Land, zu dessen Wohl und Ansehnlichkeit ich verhandelt hatte, habe ich, wie schon erwähnt, noch Tempel und Tabernakel besichtigt.

Ich fand den Müggelturm aber auch ganz prächtig, zumal ich beim Anflug über ihn so gut wie zu Hause war. Der Eindruck von Vertrautem gedieh, als das Grenzpersonal nicht glauben wollte, daß ich jener Bürger Farßmann sei, den es eben erst in eine Gegend jenseits der Rocky Mountains entlassen hatte. Aber mit Hilfe meines westlich wie östlich gestempelten Reisepapiers verschaffte ich mir Zutritt, und der Kollege vom Zoll ließ von mir ab, als ich ihm auf die Frage nach Druckerzeugnissen die Märchen der Gebrüder Grimm vorwies.

Noch vom Flugplatz rief ich Dr. Falke an, und von dort holte er mich, und während er uns heimzu lenkte, berichtete ich. Wir saßen nebeneinander im Automobil, und so hergebracht man dieses Arrangement auch nennen mochte, zeigte es doch, wie wenig mein Anwalt und ich zu verbergen hatten.

Als wir das Ortsschild von Berlin Hauptstadt passierten, sagte ich: Es sind sechsundneunzig Millionen Dollar, und Dr. Falke fragte: Was hat er vor? Will er die Insel Rügen kaufen?

Mit der Versicherung, es handle sich, genau wie er mir angegeben, um eine Schenkung, gab er sich nicht zufrieden, und beim Verhör, dem er mich unterzog, begriff ich, wie er zu seinem Ruhm gekommen war.

Nach langer Einvernahme referierte er die wichtigsten Tatbestände der Sache Osbar: Unsere Seite bekommt Anstrich und Erneuerung im Werte von sechsundneunzig Millionen Dollar. Die Seite Osbar bekommt einen farbenfrohen Wanderweg. Außerdem wünscht die genannte Seite ihre Teilnahme an einem Golfturnier sowie die musikalische Leitung eines Konzerts im Leipziger Gewandhaus. Des weiteren geht besagte Seite von der Erwartung aus, daß die Religion der Mormonen hierzulande nicht, wiederhole: nicht, zum herrschenden Glauben werde. Alleinbevollmächtigter Administrator des gesamten Finanz- und Dienstleistungskomplexes soll Herr Farßmann sein, Buchhalter, Berlin. Habe ich etwas vergessen?

Nein, sagte ich, es ist ja auch reichlich.

Der Rechtsanwalt und Notar konnte meine Bekümmertheit kaum überhört haben, aber in einem Tonfall, den man aufgeräumt nennt, fragte er: Wie wollen Sie das Problem angehen? Haben Sie eine Strategie? Hauptziel, Hauptweg, Nebenziel und Nebenwege?

Ich habe nichts als das Problem, sagte ich und hörte selber, wie wenig aufgeräumt ich klang.

Nun zeigte sich wieder, daß verzagte Menschen Dr. Falkes Hauptfach waren, denn als wir sein Büro betraten, sprach er: Sehen Sie sich um, Herr Farßmann. Telefon, Schreibmaschine, Briefpapier, Stempel und viel Tinte und obendrein meine Mitarbeiter und ich, das alles steht zu Ihren Diensten. Angesichts der Sache Osbar könnten Sie es wenig nennen, Herr Farßmann, es ist aber nicht wenig. Wo wollen wir beginnen?

Wo Sie mögen, sagte ich, wenn ich nur aufhören darf.

Natürlich können Sie das, erwiderte Dr. Falke, Sie sind ein freier Mann und dürfen die Sache Osbar jederzeit fallenlassen. Es kostet uns sechsundneunzig Millionen Dollar, aber es ist Ihre Entscheidung.

Ich weiß nicht, ob ich mich so hoch veranschlage, sagte ich und fragte mich, wie ungefähr ich zu bemessen sei. Ehe ich richtig ins Taxieren kam, ließ mich der Anwalt wissen, pfundweise sei nichts zu haben. Die Sache Osbar komme im Stück, und auch nicht anders als im Stück sei Farßmann in ihr vorgesehen. Ein altmodisches Spiel nach der Entweder-Oder-Regel, sagte er. Machen Sie nicht mit, fällt der Mammon an die Mormonen, und unserem Vaterland entgeht er nicht nur zu Teilen, sondern ganz. Wie entscheiden Sie da?

Ich will nicht ungefällig sein, antwortete ich, aber ich weiß nicht einmal, wo man solche Dinge anfängt. Beginne ich bei den Handwerkern, und was stelle ich den Leuten in Aussicht? Und wer bin ich für die? Ich frage danach, weil es meiner Erfahrung zufolge wenig aufhorchen läßt, wenn es heißt, hier kommt nun Buchhalter Farßmann.

Das hatte der Doktor bedacht. Er lasse mir Visitenkarten und Briefbögen drucken, sagte er, auf denen ich als Alleinbevollmächtigter Administrator der Sache Osbar ausgewiesen werde. Und wie nach plötzlichem Einfall setzte er hinzu: Für den Kirchensekretär benötigen Sie dergleichen nicht. Den rufe ich an und avisiere Sie.

Von mir aus in meiner transkontinentalen Müdigkeit hätte er auch beim Vatikan anläuten können, und ich war nur mäßig beteiligt dabei, als Dr. Falke sich mit jemandem ins Benehmen setzte, der dem Boxsport anzuhängen schien. Beredt war er auch, denn mein Anwalt lauschte jeweils lange und beschränkte sich auf Einwürfe, die zustimmend klangen.

Als beide vom Faustkampf genug zu haben schienen, ließ der Rechtsanwalt und Notar den Kirchensekretär wissen, einer Grundfrage wegen komme morgen ein gewisser Farßmann zu ihm, ein ordentlicher Mensch, um dessen freundliche Behandlung die Kanzlei Falke herzlich ersuche.

Sie nahmen Abschied voneinander, wobei sie noch einmal auf Innenhand und Halbdistanz zu sprechen kamen, und ich erhielt einen Zettel mit der Adresse des Kirchensekretariats und dem Wortlaut einer Frage, welche ich dortselbst klären sollte: Inwieweit darf ein Bürger unseres Staates dem Bürger eines anderen Staates versichern, es werde unser Vaterland niemals mormonisch werden?

Der Doktor machte den Eindruck, als wolle er sich spaßeshalber gleich selbst an dem Problem versuchen, aber dann fiel ihm ein, daß ich, so wie ich vor ihm saß, geradenwegs aus Utah kam, und er bestellte mir ein Taxi, und dessen Fahrer hat mich in Berlin-Prenzlauer Berg aus dem Schlaf gerufen.

Die Gewohnheiten nahmen sich am anderen Morgen meiner an und wollten mich auf Arbeit zum VEB Ordunez schicken, doch bin ich zuerst zum Kirchensekretär gegangen. Der hörte meine Frage gern, und den Text, den er mir sprach, den hätte er, glaube ich, am liebsten gesungen. Der eindringlichen Vortragsart wegen habe ich dieses behalten: Solange es sich um seine persönliche und als solche auch herausgestellte Meinung handelt, die er nicht zu Zwecken der Täuschung als beglaubigtes Wissen oder verbriefte Kenntnis ausgibt, kann ein Bürger vorgenannte Überzeugung äußern, ohne im Falle einer Entwicklung, die nicht mit dem von ihm vermuteten Verlauf übereinstimmt, für die aus solcher Divergenz resultierenden Folgen haftbar gemacht werden zu können. Dieserhalb sind Äußerungen, welche sich in dem vorbeschriebenen Rahmen halten, womöglich von moralischer Relevanz, entbehren jedoch jeglicher Eigenschaft eines einklagbaren Gutes, noch können sie Mittel sein, die Einklagbarkeit von Gütern zu ermöglichen. Die bloße Ansicht, es werde eine bestimmte geistige Richtung nicht zur bestimmenden Richtung einer beliebigen Körperschaft, ist durch den Grundsatz der Meinungsfreiheit gedeckt. Des weiteren setzt sich die Ungewichtigkeit und juristische Irrelevanz einer privaten Auffassung, bei der es um die gemutmaßte Führungsrolle irgendeiner Religion innerhalb dieses ganz bestimmten Staatswesens geht, schon durch die Fundamentalbestimmung der Trennung von Staat und Kirche. Andererseits wird bei Behandlung dieser Materie stets zwischen Kirche und Religion unterschieden werden müssen, da Einschränkungen, welchen erstere als Organisation unterliegt, für die zweite in ihrer Eigenschaft als Glaubensform nicht immer gelten dürften. Mit anderen Worten, sagte der Kirchensekretär, und als er sich anschickte, Luft zu holen, nutzte ich das und rief: Ja, bitte, mit anderen Worten!

Könnseham, sagte der Kirchensekretär, und zwar: Sindsema vorsichtich mit sonne Behauptungen, aber vermuten dürfen Sie, wozu Sie lustig sind. Was kocht denn Meister Falke wieder aus?

Weiß nicht, sagte ich, ich bin nur sein Löffel.

Es schien diese Äußerung den Kirchensekretär neugierig auf mich zu machen, aber ich entfernte mich eilends aus dem Amt, in dem sich Kirche und Staat bei allem Respekt für ihre Trennung gelegentlich begegnen.

Es wird so ähnlich sein, dachte ich, wie auf der Glienicker Brücke, wo sie ab und an Spione gegen Kundschafter tauschen. Aber dann wußte ich nicht, ob der Vergleich haltbar sei, doch wußte ich, was ich als nächstes mit Dr. Falke bereden mußte. Darauf gekommen war ich durch die Brücke bei Potsdam, aber angemeldet hatte sich der Gedanke schon, als ich noch neben Mr. Osbar her über die Höhen von Utah rollte.

Der heimkehrwillige Traber hatte vom Fußmarsch geschwärmt, der ihn auf der Spur seines Ahnen von Plauen hinauf nach Berlin bringen sollte, und weil mit seinem Nebenwunsch, das Gewandhaus zu Leipzig betreffend, eine weitere Ortsmarkierung gegeben war, ließ sich seine Route schon entwerfen. Wo immer im Berlinischen sie enden sollte, berühren würde sie die Stadt an einer Stellc, an der sie von westlichem Staatswesen war. Und wäre der Mann aus Salt Lake City darauf aus, möglichst schrittgetreu in den Stapfen seines seligen Verwandten zu bleiben, dann bekäme er ein Grenzproblem.

Ich bekäme es, denn ich war als Regler an seinem Wege gedacht. Ich war der Alleinbevollmächtigte Administrator. Ich war Farßmann, AbA. Einer, der über Farben und Lacke im Wert von sechsundneunzig Millionen Dollar gebietet. Farßmann, welcher mit dem Pinsel kommt, damit Herr Osbar kommen kann.

Aber nun endet die Straße von Plauen über Treuenbrietzen nach Berlin just in Potsdam an der Stoßseufzerbrücke, und man wird feststellen müssen, ob sie dort auch Alltags- und Taglichtsmenschen hinüberlassen, Buchhalter wie dich und mich oder ganz gewöhnliche mormonische Milliardäre.

Zumindest den Hinweis, daß ein Bürger aus Utah im Anmarsch sei, soviel nahm ich mir vor nach erstem gedanklichen Überschlag, sollten die Glienicker Posten von mir bekommen.

Aber wieder einmal: Von mir als wem? Und wieder einmal war die Frage für Dr. Falke gut, und für den Weg zu ihm nahm ich die Straßenbahn. Es ist dies ein Fahrzeug, in dem man einen Gedanken an sein Ende bringen kann, und es geht auch nicht ans Geld wie ein Taxi.

Womit ich weitere Erkundigung beim Anwalt wußte: Wie verrechnete man seine und meine Dienste? Nicht daß ich an Mr. Osbars Heimkehr einen Schnitt zu machen trachtete, aber sie hatte mich bereits zu Ausgaben genötigt, die ohne sie nicht angefallen wären. Abendliche Mietdroschken etwa vertrugen sich nicht mit einem Etat, bei dessen Entwurf und Verabschiedung ich von stabilen Tarifen des öffentlichen Nahverkehrs ausgegangen war.

Dr. Falke, Rechtsanwalt und Notar, fand meine Geldbesorgnis naheliegend, doch die Grenzbesorgnis nannte er ein Fernproblem. Daß ich die Extras nicht aus eigener Tasche trüge, sei nur billig, sagte er und wies die Bürodame an, meine Belege stets unverzüglich einzulösen. Das gehe dann von den Farben ab, meinte er, und wenn wir beide moderat mit den Spesen blieben, werde man die Lacke nicht verdünnen müssen. Nein, beim Finanziellen sehe er keine Schwierigkeiten, wohl aber könnten solche im Bereich der Planung warten.

Ähnliches war auch mir durch den Sinn gegangen, und mit sachten Bleistiftstrichen hatte ich aus meinen Ahnungen erste Zahlen gemacht, Überschläge von Mengen und Preisen, und angesichts der Summen war mir mein Vaterland gar nicht mehr so klein erschienen. Oder, wenn man es nach Zementmühlen und Pinselfabriken bemaß, viel zu klein.

Am besten vielleicht, schlug ich vor, wir heuern die Maler und Maurer in Utah und Umgebung an und bitten sie, Kleister und Quaste vom örtlichen Drogisten mitzubringen.

Doch Dr. Falke entgegnete, bei deren Löhnen und aufgeblähten Preisen werde es dann gerade fürs Vogtland reichen. Besser, er verständige in meinem Auftrag einen ihm bekannten Planungssekretär. Ähnlich habe er bereits, und von meinem Einverständnis sei er dabei ausgegangen, den Sekretär der Staatsbank auf das künftige Erfordernis hingewiesen, eine größere Menge Handwerkerrechnungen mit einer Zahlung, die von auswärts zu erwarten sei, in die Balance zu bringen. Zunächst habe der Sekretär, ein Bekannter übrigens, lustlos zugehört, aber dann sei er ins Rechnen geraten und ganz angetan gewesen. Die schriftliche Bestätigung für die Geldverwaltung müsse ich noch unterschreiben, und da liege sie.

Das Dokument mit meinem gedruckten Briefkopf sah prächtig aus, und auf meine Frage, wie er das Offsetgewerbe zu so rascher Lieferung habe bewegen können, antwortete Dr. Falke, es sei ihm dort im Sekretariat jemand verbunden, und außerdem habe er nicht nur als alter Bekannter, sondern mit einem Mandat des Alleinbevollmächtigten Administrators der Sache Osbar verhandelt, Osbar von OPS, Salt Lake City, Utah, USA.

Ferner habe er sich erlaubt, fuhr Dr. Falke fort, eine Liste der einschlägigen Handwerksbetriebe aufzustellen und die nötigen Briefe vorbereiten zu lassen, und diese bitte er mich, von Hand zu zeichnen. Zwar sei ein Unterschriftenstempel für mich in Arbeit, aber in den Chefetagen der Handwerksgenossenschaften sei man so heikel.

Zweitausendmal schrieb ich mit Sorgfalt und Schwung meinen Namen, und weil ich mir die Zeit dazu nahm, konnte ich zweitausendmal lesen, daß ich der Alleinbevollmächtigte Administrator der Sache Osbar sei.

Mit einer Umsicht, die ganz meiner entsprach, hatte Dr. Falke den Osbarschen Vorbehalt beachtet, demzufolge die privaten Gelder nicht in staatliche Betriebe fließen durften, und wieder einmal erfreute mich jener gesellschaftliche Weitblick, dem unser Land sein ausgedehntes Genossenschaftswesen verdankt.

In den Augen mormonischer Amerikaner nehme sich das vermutlich wie ein Würgenetz von Kommunen aus, sagte mein Anwalt, aber beweisbar sei es eine Vereinigung von privaten Händen, und den Einspruch seiner Behörden brauche Mr. Osbar nicht zu fürchten.

Wir unserer auch nicht, sagte ich.

Der Inhaber des Notariats Falke betrachtete mich prüfend, und ich erklärte mich: Von Utah aus gesehen, ist es klar. Aber wie ist es von hier aus gesehen? Hier kommen sechsundneunzig Millionen Dollar, umgetauscht zwar, aber doch, im genossenschaftlichen Sektor an, und ich frage mich, wie groß ist da im staatlichen Sektor die Freude?

Was Sie sich alles fragen! sprach Dr. Falke, und ich suchte, ihn zu besänftigen. Ich griff in die Briefschaften, las Adressen, wie sie mir gerade vor die Augen kamen, und sagte, es sei erstaunlich, wieviele der benötigten Anschriften in der Kanzlei parat gelegen hätten.

Die Kartei sei ein Beiprodukt jahrzehntelanger Rechtspflege, sagte Dr. Falke, denn mit jedem der von mir Angeschriebenen habe er schon so oder so zu tun gehabt. Sie alle, denke er, würden sich seiner so oder so erinnern. Als prüfe er dessen Zulässigkeit, sprach er den nächsten Gedanken nur zögernd aus: Wenn einer sich nicht für Ihren Auftrag erwärmen will, Herr Farßmann, schreiben Sie ihm, daß auch ich bei Ihnen in Arbeit stehe. So oder so, scheint mir, wird das eine Empfehlung bedeuten.

Ehe ich mich zum Anstellungsverhältnis zwischen uns hätte äußern können, fuhr er fort: Sehr gut, die Handwerker schon früh unter Kontrakt zu nehmen, und es war nicht übereilt, die Grundfragen des Glaubens sofort zu klären. Auch die Idee, Herrn Osbars Grenzpassage jetzt bereits in die Wege zu leiten, ist ausgezeichnet. Was meinen Sie, sollte man nicht, da die Dinge derzeit so im Schwunge sind, den kulturellen Fragen ebenfalls planende Beachtung schenken?

Schon länger hatte ich mich gefragt, was an mir so anders war, seit ich den berühmten Rechtsmenschen kannte, und jetzt wußte ich es: Ich kam aus der Entgeisterung nicht mehr heraus. Ich rief und suchte, die Entgeisterung hörbar zu machen: Sie werden doch nicht den Golfsport und das Dirigieren meinen!

Von seiner Art, die Arme zu verschränken, wußte ich schon, daß sie ermunternd gedacht war, also sagte ich: Es war Herrn Osbars Ernst nicht. Er selber hat Golf und Konzert gleich fallenlassen. Als Zuwaagen des Glücks und Wünsche von Überweite hat er sie verspottet.

Dr. Falke aber zog nur Bestätigung aus meinen Worten. Genauer, sagte er, kann man nicht belegen, wie sehr Ihr Milliardär sein Herz an diese Träume gehängt hat. Die Einlassung, er nehme das Begehren zurück, war nur Versuch, dessen Wucht zu brechen. Er weiß, daß eine Bitte, die mit tausend Millionen Dollar unterfüttert ist, andere Qualität als unsere Herzenswünsche gewinnt. Bei seinem Kontostand, Herr Farßmann, muß schon die leiseste Lust wie ein schreiendes Bedürfnis behandelt werden. Golfball und Taktstock, ich finde, angesichts dessen, was unserem Vaterland winkt, sollten Sie sich nicht kleinlich zeigen.

Das wäre gar nicht meine Art, sagte ich, da können Sie im Büro jeden fragen. Aber es geht nun über meinen Kopf. Ich wüßte nicht einmal, wo hier der nächste Golfplatz ist.

Das wisse er auch nicht, sagte der Doktor, und lange saßen wir schweigend da und taten, wie späterer Austausch zeigte, beide das gleiche. Wir gingen, soweit wir Bekanntschaft mit ihr hatten, unsere Heimat auf etwaige Golfvorkommen durch und vermuteten, daß in unserem sportlichen Lande diese Leibesübung nicht betrieben werde. Auch kamen wir überein, Herrn Osbar nicht deren zwergwüchsige Form, die man Minigolf nennt, anzubieten. Er kommt uns immerhin auch nicht mini, sagte Dr. Falke, und ich steuerte die Überlegung bei, es wäre sonst ja so, als hätten wir auf ein Verlangen nach Reit- und Springturnier mit einem handbemalten Steckenpferd geantwortet.

Dr. Falke nahm nicht teil an meinem Humor und befand, wir täten gut daran, uns beim Sportpräsidium zu erkundigen, ob Herrn Osbars geliebtes Spiel womöglich Aussicht auf Olympia habe. Das ändere nämlich viel.

Er suchte etwas in seinem Kopfe, und als er es gefunden hatte, schrieb er es auf einen Zettel, und ich fragte: Der Sekretär?, und auf sein Nicken fragte ich: Ein Bekannter?, und als auch dies bestätigt war, bat ich um ein Lexikon. Ich wußte kaum mehr von der Sparte, als daß ein Mensch, ein älterer und vermögender zumeist, mit langem Knüppel auf einen kleinen Ball eindrischt, und solche Kenntnis war mir für ein Gespräch im Sportpräsidium zu wenig.

Während ich im alten Meyer las, daß für das Rasenballvergnügen fünfzehn bis fünfzig Hektar benötigt werden und Küstenbahnen vorzuziehen seien, meldete Dr. Falke mich seinem einschlägigen Bekannten.

Träg arbeitete sich meine Bahn zu den Sportlern hin, aber an der Haltestelle Steuerhaus wurde einer ihrer Passagiere blitzwach. Der Mann hieß

Farßmann und hatte eben eine Arbeitskollegin durchs vordere Luk in den Wagen einturnen sehen. Wie sie noch beschäftigt war, die Sichtkarte zurück in ihr Täschchen zu nesteln, stahl ich mich Richtung hinteren Ausgang. Denn für Mitarbeiter des VEB Ordunez weilte ich auf Datenkursus und hatte derzeit in Berlin Hauptstadt nichts zu suchen.

Als die Straßenbahn endlich ohne mich davonfuhr, wußte ich wieder etwas mehr. Nicht nur hatte ich bis zur Erledigung der Sache Osbar unsichtbar zu bleiben, sondern ich mußte mich auch um einige Bekanntschaft mit neuzeitlichem Datenwesen bemühen, und anders nicht als durch Zauber kam ich an diesem widrigen Doppelding vorbei. Doch jetzt galt erst einmal die verabredete Begegnung mit dem Sportsekretär.

Es war dies aber eine ohne Schwierigkeiten. Der Mann bewegte sich, wie die Turner tun, wenn sie vom Gerät zu neuer Übung schreiten, und wie er die Drehungen seines Körpers bemaß, sah er auch auf seine Worte und teilte mir nur die allernötigsten zu.

Er ließ mich sagen, was zu sagen war, nämlich, daß Dr. Falke und ich der Ansicht seien, es gebe in unserem Vaterland keine Golfanlage, und daß wir gern wüßten, ob wir darin nicht irrten, und dann sprach der Sportsekretär: Tun Sie nicht!

Andererseits, fuhr ich fort, hielten wir für möglich, daß im Zuge künftiger Wettbewerbsentwicklungen auch hierzulande an die Einführung golfischer Bestrebungen gedacht werden könne, und gern hätten wir gewußt, ob es da Zeichen gebe.

Gibt es nicht, sprach der Sportsekretär.

Dann sei, soweit es Golf betreffe, alles klar, sagte ich, und weil seine Einsilbigkeit mir erschreckend war, flüchtete ich mich zu Dr. Falke ins Büro.

Es schien fast, als wäre auch der ganz gern geflohen, und zwar vor mir, aber über meinem Bericht, der unser Land als tatsächlich golflos beschrieb, wurde er nachdenklich. Er griff zum Gesetzbuch und blätterte im Rechtskommentar, und wie mein Jammern endete, hatte er ein Urteil: Sie werden eine passende Fläche erwerben oder doch pachten müssen. Am besten, die Landwirtschaft leiht Ihnen das für die Dauer von Herrn Osbars Wanderung. Allerdings sehe ich momentan noch nicht, wer Ihnen fünfzig Hektar rausrückt auf Ihre Geschichte. Doch wie ich Sie kenne, muß man sich da nicht fürchten. Freilich ist es mit Grund und Boden nicht getan. Wenn es ein Spielplatz werden soll, wer richtet den her? Und wer nimmt teil an dem Turnier, das Sie ausrichten möchten? Ich fürchte, Herr Farßmann, Sie werden sich mit der Armee besprechen müssen. Die ist für jede unlösbare Aufgabe dankbar.

Der Sekretär, den er dort kannte, war diesmal ein General, und für mich war es mein erster General. Er hatte rote Streifen an den Hosen, und auf seinem Schreibtisch lag eine fabelhafte Mütze. Weil Dr. Falke zu Offenheit geraten hatte, breitete ich größere Teile der Sache Osbar vor ihm aus.

Soweit er sie verstanden habe, sagte der General, gefalle sie ihm nicht. Keinesfalls sei er als einer gedacht, der den Amerikanern Vorstöße von Süden herauf bis an die Hauptstadt bahnt, und dann habe er hoffentlich nicht recht gehört. Was solle er, einen Truppenübungsplatz räumen, und zwar eines amerikanischen Ballspiels wegen?

Ich verschränkte die Arme nach Art von Dr. Falke und sprach auch mit seiner Festigkeit: Es handelt sich nur um einen einzelnen Bürger, einen überaus wertvollen Menschen allerdings. Ansonsten planen wir keineswegs, die Armee für immer von ihrer Exerzierweide zu vertreiben. Es wäre leihweise und ein Eckchen nur. Wenn es hoch kommt, fünfzig Hektar. Und es wäre vaterländisch. Besonders, wenn Sie das Gelände etwas herrichten ließen. Achtzehn Bahnen bräuchten wir, Abschlagplätze und Ziele und natürlich einige Hindernisse.

Abschlag, Bahn und Ziel? sprach der General versonnen, und was schwebt Ihnen als Hindernis vor?

Nun, auch nichts Ausgefallenes, sagte ich. Hohes Gras, Büsche und Bäume, Dünen, Flüsse, Erdaufschüttungen und jene Sandflächen, die der Golfer Bunker nennt.

Nennt er sie so? rief der General und beschrieb mir dann, was die Soldaten Bunker nennen. Faser für Faser zeichnete er mir ein Geflecht, durch welches Golfsport und Waffendienst einander verbunden sind, und seine Folgerung, es könne mir und unserem amerikanischen Freunde sehr wahrscheinlich geholfen werden, ergab sich beinahe von selbst.

Weil ich nicht wußte, ob auch Militärs wechselnde Launen haben, setzte ich ohne Zögern nach: Wenn sich nun noch ein paar Spieler in Ihren Reihen fänden, Golfschützen sozusagen . . .

Entweder haben wir die, sagte der General, und dann kriegt ihr die, oder wir bilden euch welche aus, und ihr kriegt sie dann!

War es ein Zeichen der Bekräftigung oder des Abschieds, jedenfalls drückte er die fabelhafte Mütze auf sein Haupt, und als ich mich erhob, erhob er sich auch, sah mir nach Kampfgefährtenweise tief ins Auge und sprach dazu: Amerikaner und Golf – menschmeierundmeineliebefrauschlukkebier, ihr Jungs habt es aber auch nicht einfach!

Er schien nunmehr scharf umrissene Vorstellungen von mir und meinem Lebenszweig zu hegen, und weil ich ihn darin nicht stören wollte, seufzte ich nur.

Schon verstanden, sagte er, und ich machte mich davon. Ich machte, wie die Sachsen sagen, zu meinem Anwalt hin, doch kam es mir ein weiteres Mal vor, als hätte der mich lieber in Sachsen gewußt. Gegen alle Gewohnheit ließ er mich nicht in den Arbeitsraum, sondern zog mich in ein Nebenzimmer und flüsterte, er habe Besuch. Besuch aus New York. Von einer gewissen Rechtsfirma, und ich wüßte schon. Ja, in der Sache Osbar. Unangenehme Nachrichten, leider. Keine gute Entwicklung.

Ist er gestorben?

Nein.

Oder krank und schlecht zu Fuß?

Das auch nicht, sagte Dr. Falke, doch da er selber noch nicht ganz im Bilde sei, wollte er zunächst sein Gespräch mit dem angereisten Kollegen zu Ende führen. Er werde mich unterrichten, und natürlich, wenn ich es trotz der neuen Lage wünsche, könne ich in der Zwischenzeit versuchen, jemanden vom Gewandhaus an die Strippe zu bekommen. Spaßeshalber, wenn ich so wollte.

Er sagte nichts von einem Sekretär, den er dort kannte, aber er zeigte mir, wie der Nebenapparat zu bedienen war, und mehr aus Höflichkeit, wie es schien, fragte er, was bei der Generalität herausgesprungen sei.

Kaum hob ich an, vom erfreulichen Ergebnis zu berichten, schlug Düsternis ihm in die Miene, und leise sprach er und hielt die Klinke schon in der Hand: Dem neuesten Stande nach wird aus der Sache nichts werden. Es hängt an einem letzten Anruf, doch scheint klar: Die Glaubensgruppe Ihres

Herrn Osbar legt sich quer. Näheres, ließ er uns wissen, habe keinen zu kümmern. Doch muß ich jetzt hinein und dem New Yorker Kollegen Gesellschaft leisten, und Sie, wenn Sie trotzdem noch mögen, können mit Leipzig reden. Dann könnten wir ehrlichen Herzens sagen, wir sind bis zuletzt an der Sache geblieben, und Utah war es, das aufgesteckt hat. Sehr gut, denn ich fürchte, Herr Osbar ins Gewandhaus, das hätten nicht einmal Sie geschafft.

Er ging und ließ mich im Besitze eines der größten Sätze zurück, die je einem Menschen gesprochen wurden. Nicht einmal Sie, hatte Dr. Falke, Rechtsanwalt und Notar, zu Farßmann gesagt, und Farßmann fühlte sich mit Lorbeer zugeschüttet und spürte Stärke über alle Riesen und hätte vor keines Räubers Höhle gezögert, und selbst fürs Gewandhaus reichte ihm sein Mut. Zumal ich es nur telefonisch erreichen mußte. Ich fragte mich durch mehrere Klappenschränke bis zu einem Menschen, dem die Vergabe von Gastdirigaten oblag. So hatte man mir gesagt, als man mich von Fernsprechteilnehmer zu Fernsprechteilnehmer weiterreichte, aber kaum hatte die Person an der Gegenmuschel ihren Namen genannt, sah ich den sehr hervorgehobenen auf Zeitungsseiten gedruckt, und Texte sah ich dazu, die spannten sich von Ottawa bis Yokohama und liefen alle auf Ruhm und Ehre und unzählige Dacapos hinaus.

Mein Sprechen geriet nur zu Stammeln und zu der Beteuerung, nicht ihn, den himmelbewohnenden Dirigierer, habe ich mit einem Fall von irdisch organisatorischer Natur behelligen wollen, und außerdem komme Herr Osbar aus Salt Lake City höchstwahrscheinlich nicht.

Salt Lake City? sagte der Mann in Leipzig, das ist ungefähr, wozu ich mich aufgelegt fühle. Ich stecke in Schostakowitsch-Proben, und es schlaucht doch sehr. Salt Lake City hört sich lindernd an. Will man mich da für den Tabernakelchor?

So ähnlich, antwortete ich. Ein Bürger von dort, Mr. Osbar, hat den Wunsch geäußert, im Gewandhaus einmal den Stab führen zu dürfen.

Hat er diesen Wunsch geäußert? Osbar? Nie gehört. Soll das ein Wunderknabe sein?

Auch nur so ähnlich. Es handelt sich, könnte man meinen, um einen etwas wunderlichen älteren Herrn. Aber er ist gut zu Fuß und würde sich erkenntlich zeigen.

Es war, als habe ich etwas Falsches gesagt, denn der glorreiche Kunstmann sprach merklich kühler: Worum also handelt es sich?

Um eine Zuwaage des Glücks für Mr. Osbar und wohl auch für unser Vaterland.

Klingt gut, sagte der gepriesene Orchesterleiter, klingt zu gut, als daß ich hier aufhängen könnte. Wie geht es weiter?

Ich weiß nicht, wie oft einem das Leben solche Momente läßt, aber ich wußte, dies war einer von der raresten Art und ließ mich in Zungen reden. Ich war rasch und präzise, aber flehentlich klang ich auch dabei, und weil ich zu einem Ohrenmenschen sprach, hat mir das alles geholfen.

Zwar rief mir wer zu, es handle sich um einen Sieg, der gar nichts bringen werde, doch hörte ich nur Sieg, als es aus Leipzig zu mir nach Norden scholl: Gott ja, ich wollte schon immer beweisen, daß dieser Beruf ganz ähnlich wie Kino ist. Geschuftet wird vorher; der Rest ist Projektion, und der Mann am Vorführapparat kann auch Osbar vom Salzsee heißen.

So sagte es jener, der, wie selbst mir bekannt, am Dirigentenpult kein Osbar vom Salzsee ist, und wer war ich da, ihm zu widersprechen? Ich dankte artig und wünschte noch, es möge Schostakowitsch ihn nicht gänzlich verschlauchen, und als wir schieden, hatte der Alleinbevollmächtigte Administrator Farßmann sein Werk getan.

Ich spürte Lust, meinem Anwalt mitzuteilen, Herr Osbar könne, falls er doch noch wolle, getrost zur Heimfahrt in Vaterland und Vatersvaterstadt sich rüsten, doch bei halbgeöffneter Tür sah ich, daß Dr. Falke Abschied von einem Schatten nahm. Dann rief er mir über den Korridor, die Sache Osbar sei an ihrem Ende.

Er lud mich ins Büro und hieß mich, im Sessel Platz zu nehmen, der noch warm war von einem Hintern aus New York. Er schnürte Akten, von denen ich wußte, daß sie Herrn Osbar und mich und das Vaterland betrafen, und wie ich ihn über dem Bündel sah, war mir ein wenig, als schnüre er auch mich darein.

Zu machen ist nichts, sagte der Doktor, denn die andere Seite hat immer betont, es solle durch die Absprache in Utah niemand gebunden sein. Irgendetwas zwischen Ihrem Milliardär und seinen Kirchenoberen ist schiefgegangen, aber die Gründe, findet er, hätten keinen zu kümmern. Sehr verschlossener Mann. Dem New Yorker Kollegen hat er nur angedeutet, seine finanziellen Vorkehrungen seien nicht unbemerkt geblieben, aber die Mormonenchefs hätten völlig falsche Schlüsse gezogen. Kaum zu glauben, aber die dachten an unsere Missionierung oder dergleichen. Jedenfalls hat Ihr Osbar gesagt, manches wäre zu retten gewesen, wenn er Sie als neues Mitglied hätte melden können.

Mich? Mich als Mitglied dort?

Dort oder hier, Herr Farßmann, als Mitglied jedenfalls. Ich habe aber abgewinkt.

Er knüpfte eine Doppelschleife über den Ordner, in dem ich Blatt an Blatt mit den Heiligen der Letzten Tage in Verwahrung lag, und schob ihn in ein Ablagefach. Er hat nicht auch mich mit einer Doppelschleife versehen, doch als er mich an der Schulter zur Haustür führte, war es, als richte er mich für meine Bahn. Ich ging über knirschenden Wegekies von ihm fort, und Dr. Falke rief mir freundlich nach: Ich habe abgewinkt, Herr Farßmann. Das ist, wenn ich raten darf, nichts, wiederhole: nichts, für Sie. Sie sehen doch, wie eingeschränkt diese Leute leben.

Ja, sagte ich, kein Vergleich!, und als ein Taxi kam, pfiff ich und habe es genommen.

Inhalt

Dichter im Frieden
100 Autoren der DDR
Ein Foto-Lese-Buch

Herausgegeben von Günther Drommer
Zusammenstellung der Fotos
von Roger Melis
220 Seiten · Leinen
ISBN 3-351-00049-9
Best.-Nr. 613 312 4
Bestellwort: Dichter im Frieden

Dieses Foto-Lese-Buch gibt Auskunft über hundert Schriftsteller unseres Landes. Sie sind von namhaften Fotografen porträtiert, den Fotos beigestellt sind Texte aus ihrem Werk zum Grundthema unserer Zeit, dem Frieden. Die meisterliche Vielfalt der Fotografien und Textbeiträge läßt das Betrachten und Lesen des Bandes zu einem Vergnügen werden, und sie dokumentiert zugleich die Vielstimmigkeit, die die Literatur der DDR in vierzig Jahren sozialistischen Aufbaus geprägt hat.

Aufbau-Verlag Berlin und Weimar

Aus unserem
bb-Taschenbuchprogramm 1989

Hermann Kant: Herrn Farßmanns Erzählungen
Jürgen Kuczynski: Dialog mit meinem Urenkel
Christoph Hein: Das Wildpferd unterm Kachelofen
Die Liebesprobe. Altdeutsche Schwänke
Es waren zwei Königskinder. Eine Auswahl deutscher Volkslieder
Friedrich de la Motte Fouqué: Das Schauerfeld
Bruno Frank: Trenck
Erich Kästner: Montagsgedichte
Leo Perutz: Sankt-Petri-Schnee
Siegfried Lenz: So zärtlich war Suleyken
Alexej Pissemski: Ist sie schuldig? (Arbeitstitel)
Joyce Marlow: Kessie
Margaret Atwood: Die eßbare Frau
Ray Bradbury: Der Tod ist ein einsames Geschäft
Alison Lurie: Affären
Erotisches zur Nacht. Erzählungen
Romain Gary: Das fliegende Gedächtnis
Françoise Sagan: Brennender Sommer
Armand Lanoux: Wenn das Meer zurückweicht

Aufbau-Verlag Berlin und Weimar